高伟生

郭培楷

韩成法

李勇帅

刘灿忠

刘大峰

侯爱华

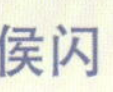

侯闪

雷永线

刘剑涛

刘少英　程振军

刘远华

（排名不分先后）

马保勤

任向军

田会宾

谢培杰

薛会杰

杨国军

王健伟

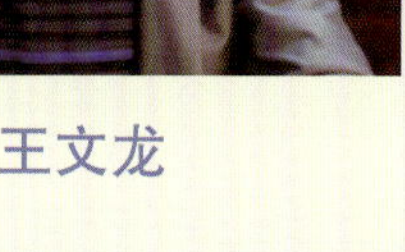
王文龙

王一召

赵合叶

赵红勋

杨庆伟

（排名不分先后）

代振锋　王　京　著

中国财富出版社有限公司

图书在版编目（CIP）数据

钢路／代振锋，王京著．—北京：中国财富出版社有限公司，2021.9
ISBN 978－7－5047－7533－7

Ⅰ.①钢…　Ⅱ.①代…②王…　Ⅲ.①纪实文学—中国—当代　Ⅳ.①I25

中国版本图书馆 CIP 数据核字（2021）第 192246 号

策划编辑　郑欣怡　李小红　**责任编辑**　张红燕　李小红
责任印制　梁　凡　**责任校对**　张营营　**责任发行**　杨恩磊

出版发行	中国财富出版社有限公司		
社　　址	北京市丰台区南四环西路 188 号 5 区 20 楼	**邮政编码**	100070
电　　话	010－52227588 转 2098（发行部）		010－52227588 转 321（总编室）
	010－52227566（24 小时读者服务）		010－52227588 转 305（质检部）
网　　址	http：//www.cfpress.com.cn	**排　　版**	宝蕾元
经　　销	新华书店	**印　　刷**	宝蕾元仁浩（天津）印刷有限公司
书　　号	ISBN 978－7－5047－7533－7/I·0331		
开　　本	710mm×1000mm　1/16	**版　　次**	2021 年 11 月第 1 版
印　　张	14.5　**彩插**　0.25	**印　　次**	2021 年 11 月第 1 次印刷
字　　数	219 千字	**定　　价**	49.80 元

献礼中国共产党建党100周年

序一

河南，人杰地灵、物华天宝，自古以来，各类优秀人才竞相会聚。面对历史赋予的重任，河南钢铁物流行业的广大优秀人才秉持着艰苦奋斗、开拓创新的精神，积极主动投身现代物流服务，为中原地区经济发展和社会进步做出了一定贡献。

豫州的发展史，也是一部人才创业史。为全面贯彻党的十九大和习总书记系列讲话精神，培育和践行社会主义核心价值观，值此纪念中国共产党建党100周年之际，代振锋和王京共同创作了《钢路》。该书是两位先生长期笔耕的硕果，共选录了24位优秀钢铁流通企业家，记录他们创业的心路历程，谱写他们光辉岁月的先进事迹，彰显出中原优秀传统美德和新时代向上向善、勇于担当的精神。

该书通过探寻钢铁流通领域黄河儿女的足迹，讴歌了他们的优秀精神及品格，进一步激发了中原地区广大优秀人才创新创业的澎湃激情。此外，该书用朴素的语言讲述了平凡人生的不平凡事迹，有亲情、爱情、友情、乡情……点点滴滴的事件彰显出豫州人的种种不平凡，书中充满正能量，给人以温馨和感动。

2021年正值“十四五”规划的开局之年，也是在全面建成小康社会基础之上，开启第二个百年奋斗目标，全面建设社会主义现代化国家新征程的第一年。新的起点意味着新的希望，当前我国经济已由高速增长阶段转向高质量发展阶段，钢铁物流行业也面临着高质量发展的需求。我国钢铁物流行业横跨钢铁和物流两大国民经济支柱产业，是制造业和物流业深度融合的重要板块，但是与其他发达国家相比，我国钢铁物流企业还面临大而不强的现状，面临物流效率、盈利能力、创新能力有待提高等问题。

站在新的起点，我国钢铁物流产业链需要构建新的发展格局，转变发展方式，推动质量变革、效率变革、动力变革和人才变革，加速向科技化、信息化、专业化、数字化、智慧化及绿色化转型，从传统的封闭竞争走向开放的战略合作，形成供需有效衔接、良性互动的高水平发展格局。同时，我们也不能忽视挑战，全球经济形势存在一些不确定性，未来全行业仍需紧紧扭住供给侧结构性改革这条主线，注重需求侧管理，注重人才竞争力培养，形成供需动态平衡和优秀人才梯队建设的新格局。

面壁十年图破壁，难酬蹈海亦英雄。我深信，河南钢铁流通企业家的辉煌事迹，必将鼓舞着大家去开创更加美好的明天！

王建中

中国物流与采购联合会钢铁物流专业委员会秘书长

2021 年 3 月 6 日

序二

河南是元代以前中国历史的核心区域，也是中原文化的根源所在地。中原文化厚重、多元、纯朴，它以这种独特的魅力影响着河南，使其在中华文明史上书写了灿烂的篇章。

中国商人、商品和商业起源于商丘，中原地区产生了中华商业文化的许多第一。夏代的商丘人王亥“肇牵车牛远服贾”，开创了商业贸易的先河，被奉为商业鼻祖。

优越的地理位置，悠久的历史文化，孕育了一代又一代优秀儿女，涌现出一批又一批杰出企业家。在繁华的商都，就有这么一批人，投入到改革开放建设的浪潮中，披荆斩棘，破浪而行。他们就是活跃在钢铁贸易流通领域、为中原经济建设做出重要贡献的豫商儿女。这是一群勇于挑战的人，他们坚韧不拔的毅力、开拓创新的精神、懂得感恩的情怀，值得大家学习，值得我们“点赞”。

本书内容丰富，结构清晰，作者凭借自己资深记者的工作经验，以朴实的文笔、真挚的情感，翔实记述了24位杰出的钢铁豫商创业的艰辛历程和成功经验，篇篇精彩，事事感人。在此书即将付梓之前，我有幸为该书提笔作序，先睹他们的风采和传奇故事，甚是感怀。

作者笔下的黄河儿女，无不是充满勤奋与辛劳的。多有着不甘平庸的信念，多有着远大宏伟的目标，多有着顽强执着的韧劲，多有着奉献社会的初心，多有着越挫越勇的开拓精神。他们不愧为我们钢铁豫商的楷模，行业商会的骄傲。他们的拼搏精神、他们的创新思维、他们的与时俱进都深深地打动着我。24 篇文章，24 个人物，他们是河南钢贸界的代表，展现了中原精英的卓越品格和形象。

黄涛

河南省政协委员、郑州市钢贸商会会长

2021 年 3 月 10 日

序三

进入21世纪之后，在互联网日渐普及的大背景下，伴随着新媒体的迅速崛起，这个世界很快形成了“人人都是记者”的传播生态。在自媒体和传统媒体日益激烈的竞技格局中，很多执业多年的传统媒体记者，在时代大潮面前茫然、懵懂、手足无措，甚至颓废和沉沦。然而，更多的媒体同人依然行走在时代前列，冲锋在社会前沿，以职业化的洞察力，观察、见证着这个纷杂的世界，为社会公众提供权威、全面、客观、准确的时代信息。他们仍然无愧于“时代瞭望者”的职业荣耀，甚至在信息技术飞速发展的今天，他们利用行业自身的天然优势，更为出色地发挥出了自己的智慧和才华，把记者这个职业干得更加从容、精彩，更加游刃有余。在我熟识的同行中，小我10岁的代振锋老弟就是一位“大咖级”的行业表率。

作为一家小众化的行业媒体，《现代物流报》也许在社会公众面前的熟识度并不高，但一直供职于这家报社的“代记”代振锋，在郑州、河南乃至全国的钢铁贸易市场，却是很多人的老朋友了。自1997年接触钢铁贸易行业以来，振锋始终用文字和镜头忠实地记录着中国钢铁物流人筚路蓝缕的行程。众所周知，无论对于哪个国家来说，钢铁产业都是国民经济的中流砥柱，是国家的命脉，是国家生存和发展的物质保障。那么，钢铁贸易行业的兴衰，则是衡量国家经济水平和综合国力的重要指标。振锋长期工作在中原地区，他所进入的，又是我国特别重要的一个产业领域，因而，从业以来，他凭着自身的人格魅力和聪明才智，在这个领域硕果累累。在振锋已经公开发表的600多万字行业报道作品中，不但充盈着一名记者的艰辛和汗水，更忠实地记载着中国钢铁市场的风云变幻和时代履痕。

多年以来，我也注意到，出自振锋笔下的文章，更多地向人物特写、行业报道之类的“纪实特稿”方面倾斜。这样的体裁，属于资深记者才会涉足、优秀记者才能驾驭的“大稿”范畴。其具有传统的消息、通讯等新闻体裁所无法达到的深度和广度，尤其适合长期浸淫于某一个行业的记者，报道和记录该行业的典型人物和标志性事件。振锋以丰富的职场阅历，逐渐形成了自身独特的文体风格，实现了工商业题材新闻纪实的专业性、时代性和文学性的有机融合，继而派生出一篇篇优秀的行业报道。

事实上，随着近些年来中国市场经济的迅速崛起和繁荣，以讲述精彩中国故事、展现磅礴中国力量、弘扬伟大中国精神为诉求的工商业纪实文学，已经成为近年新闻工作者笔下一个闪耀的时代亮点。工商业领域的纪实文学以其真实、快速、生动、专业的优势，在当今传播渠道空前发达的传媒生态中，忠实地留下了我国经济发展的厚重记忆，并将逐渐积淀为这个时代宝贵的精神财富。

如今，振锋和朋友王京联合执笔的，记载郑州钢材市场多年变迁发展史的《钢路》即将付梓，从此前我读到的书稿中可以看出，振锋和王京以敏锐的视觉瞭望时代、以真诚的态度铺陈文字，在现实与历史的交织中，共同成就了一部具有鲜明时代特色的行业纪实文学作品集。在这一篇篇深度报道中，无论是儒商任向军的情怀和胸襟，还是薛会杰、余欣伉俪风雨同舟的真情，抑或是田会宾从一名“钢铁战士”向一名“钢铁电商”的角色转变，一个个郑州钢铁市场上卓越的人物、一个个精彩的故事、一个个踏过时光和时代的坚实足迹，铺设成了中原乃至全国钢铁贸易发轫、发展、繁荣、兴盛的七彩大道，最终以《钢路》的形式展现在我们面前！

是为序。

刘志学

河南省作家协会会员、封丘县作家协会名誉主席

庚子小暑于北京

目录（按人物姓氏笔画排序）

深远商海，中原钢贸圈绽放出一朵铿锵玫瑰

——访郑州盛业物资有限公司总经理　马保勤

二十多年来，她见证着郑州钢铁贸易流通行业的飞速发展。她擅长唱歌，喜欢舞蹈。马保勤，历任郑州市政协委员，经历过计划经济到市场经济的转换期，从国有单位到自立门户，她如同一朵铿锵玫瑰，在遍布竞争的钢材流通市场优雅绽放。

谁说女子不如男？谁又说柔胜不了刚？她把脆弱变成了坚强，大雪纷飞的寒夜，她在冰冷的驾驶室里一待就是两个晚上；她把娇媚化作了力量，下海创业十年奋战，如同一朵铿锵玫瑰，在遍布竞争的钢材市场优雅绽放。她就是郑州盛业物资有限公司总经理马保勤。十年弹指一挥间，她从容淡定、坚韧不拔，历经风雨最终开出美丽的花朵，散发出阵阵幽香。

我们获得成功时，才会恍然发现：事在人为。正如古人所云“宝剑锋从磨砺出，梅花香自苦寒来”。

初见马保勤，优雅、干练、谦逊、自信，具有独特的女强人魅力。1966 年，马保勤出生在河南长葛，在河南省乡镇企业局一家下属公司任职多年，积累了丰富的经验和人脉。2008 年，她决定搏击商海，一试身手。机遇总会优先眷顾那些励志创业的有心人。2008 年 1 月 18 日，马保勤拿出 500 万元在郑州市管城回族区文治路与南四环交汇处，注册成立了郑州盛业物资有限公司。

“我的公司已经成立十多年了，这十多年经历了太多太多。”马保勤谈吐间时有谦逊，也有感恩，但更多的是十余年商海历练之下的沉稳与豁达。创业初期，马保勤为了满足客户所需的金属材料及建材产品，无论骄阳似火还是大雪纷飞，都亲自跑市场，看行情，自己既是老板，也是业务员，什么活都干。那时没有四通八达的高速公路，也不像现在这样有各种微信群、QQ 群、App，可以快捷方便地在互联网上查询信息资源。那些日子，她跑遍了省内各地……自己去送货，然后自己再跟车回来。由于路况不好，堵车是经常的事，并且一堵就是很长时间。

马保勤讲起了记忆犹新的一件事情。那是一个冬天夜里，滴水成冰，雪花飘飞，她去外地送货，因为路况太差，在离工地10公里的地方车子被困住，车窗外夜色如墨、寒风刺骨，被困地点前不着村后不着店，工地值班人员手机关机了，当时那种感觉就是“叫天天不应，喊地地不灵”，“我没有给家人打电话。因为外出离家太远，家里人不仅帮不上忙，还会操心睡不着觉……当时我就在车上睡了一晚上，直到第二天联系上工地，他们派车拖出。到工地一天没有卸完货，无法回家，就又在车上睡了一晚。”马保勤谈起以往创业的困难，平静得如同讲述别人的故事。

很难想象，一个女同志在漫天飘雪的荒郊野外，守着自己的货车，一守就是十多个小时。因为有时货要得急，赶夜路是常有的事，路上担心司机会瞌睡，马保勤常陪着司机熬夜。实在累得不行了，就在路边停下，歇一会儿，然后再继续赶路。“我很有成就感，工地上很多人都佩服我，说我比很多男人都坚强。”马保勤露出了浅浅的笑意。就是这样一位勤奋务实、敢于拼搏的“女强人”，放弃了原本轻松、舒服、风吹不着、日晒不着的办公室工作，咬牙挺进了只有极少数女人才从事的钢铁行业。

> 每个人都有不同的命运，冥冥之中，总是有一个无形的命运推手来左右我们的言行，左右我们在人生的不同十字路口做出最终的选择。

个人的禀赋、性格及后天修为融合而成了一种独特的力量，这样一份独特的力量会造就每个人不同的人生。马保勤的选择也许让这个世上少了一位温柔的女性，但却由此多出了一位行业骄子。

公司成立后，马保勤将公司经营定位在金属材料、建材、五金交电、润滑油的销售上。同时，她与多家郑州再生物资回收与批发零售商和代理商建立了长期稳定的合作关系。她的公司以品种齐全、价格合理为特点，公司实力雄厚，重信用、守合同、产品质量有保证，以多品种经营特色和薄利多销的原则，赢得了广大客户的信任。公司始终奉行“诚信求实、致力服务、唯求满意”的企业宗旨，全力跟随客户需求，不断进行产品创新和服务改进。

“诚信赢得市场，品质拓展未来。”这是马保勤常说的一句话。“不管怎样，诚信是第一位的，做物资贸易，做的不光是买卖，最主要的是经营好自己的人品，做人一定要诚实守信，答应客户的事情就一定做到。不能承诺了别人的，自己没有守信，这样的企业是永远没有发展空间的。”

当时市场上鱼龙混杂，充斥着各种不符合标准的伪劣产品，不仅侵害着消费者利益，也破坏了企业声誉。马保勤说，现在大家都已经把“诚信”两个字讲烂了，更有很多人只是把“诚信”放在了嘴上，并没有落实到行动中去。而她将诚信内化于心，外显于行。从公司成立之初，她就始终遵循“信誉为本、质量为上”的经营理念。

“产品质量是最重要的，关乎整个工程质量，容不得半点马虎。很多人愿意找我做生意，一是看我们的服务；二是看产品的质量怎么样。人家会觉得，跟你这个人打交道，很放心！一个人要想做好生意，首先要学会做人。我们的企业能够健康发展，也就是在于诚信与服务。诚信，永远是一个企业发展的核心。”马保勤说。正是马保勤这样精益求精的服务，使她的产品参与了省内多个一线建设单位和开发商的合作项目，得到业界的广泛认可和赞誉。

灯火阑珊时，翩翩起舞中。跟随生活的旋律，张开心情的翅膀，用精致生活迎接每一轮喷薄的朝阳，挥别落日后那缕余晖……

“心态好，一切都好”这是马保勤最爱说的一句话。马保勤表示，无论是客户还是员工，既然到了我这个公司，我都以开放的心态与大家合作，一定和大家互利共赢。人心和谐是马保勤的用人之道，也是构建和谐企业的成功之处。她关注员工生活，对办公环境进行了改造，并建起了娱乐场所，丰富了员工的文化生活。员工的收入也随着公司的发展逐步提高。和谐的劳资关系，良好的就业环境，像块磁铁般地吸引着员工，使员工发挥出了最大的潜能，形成了强大的凝聚力。

刀不磨要生锈，人不学要落后。为了提升管理水平，她本人报了北京大学管理培训班。她还经常组织员工参加培训，请外来专业人员给职工讲解销售、管理及业务知识。为了更好地留住人才，提高员工积极性，十年来马保勤对员工工资进行了几次大幅度的提升。

“我的员工都是中年人，家里上有老、下有小，还有房贷，我就努力提高他们的收入，关心他们的生活，只有让员工切实感受到企业对他们的好，让他们发自内心地努力工作，才是根本之道。我创业十多年来，一直是原班人马，多年没有一个员工离职。”马保勤笑容里多了几分自信和自豪。

她坦言：“一个企业团队的凝聚力着实重要。员工爱企如家、有主人翁意识、有责任感、有执行力，是企业平稳发展的关键所在。”企业十多年经历风雨，马保勤常与下属说，只有齐心协力，企业才能走得更远。

每一个成功的男人背后都有一个默默奉献的女人，而对她来说，则是，每一个成功的女人背后，都有一个家庭做后盾。说到自己的家庭，马保勤说刚开始孩子挺不理解，说别人的妈妈都是卖化妆品、卖衣服什么的，唯独你是卖钢材、五金交电、润滑油，多不时尚啊？马保勤就给孩子解释，这个社会只是分工不同而已。

“说句实话，我是一个女人，永远看待家庭重过事业，在我心里，我的家庭就是我最坚强的后盾。我家人对我的工作很支持，对我也很包容，很理解。创业初期，我天天往外跑，现在，一有时间我就亲自下厨给他们做一桌好菜。工作家庭两不误。”马保勤笑着说。每天，在华灯初上的广场，马保勤总是抽出时间和姐妹们一起翩翩起舞，既锻炼了身体又陶冶了情操，“我提倡快乐工作、幸福生活”。

在马保勤看来，党的十九大为实体工业振兴带来了千载难逢的良机，正可谓“好风凭借力，扬帆正当时”。以国家供给侧结构性改革、“一带一路”倡议和大力发展装备制造业为契机，在广大客户及合作伙伴的通力协作下，在社会各界的鼎力相助下，公司将以更加优质的产品和服务，满足经济社会发展的需求，与合作伙伴、广大客户、新朋老友们共创美好的未来！

十多年很长，征途漫漫；十多年也很短，弹指一挥间。十多年，成就了一份艰辛而伟大的事业，也成就了一个行业的标杆。用时间丈量品质，此时方见初心，从未曾改变。

为加工而变，唯加工不变，做钢铁加工的匠人

——访郑州阿尔达机电设备有限公司总经理 王一召

在这个追逐利益的时代，王一召跟随湖南籍的加工大军北上淘金，以平常心看待生活中的苦，只希望拥有一份简单的执着，并能够守住这份初心，通过持久的坚守和努力，一步步成为郑州钢材深加工行业的新锐。

作为钢铁深加工行业的一员，王一召深知产品品质是赢得消费者青睐的优势，不论顾客要求的有多高，一旦产品质量满足他的要求，加工精度达到产品标准，那么彼此之间的合作才会更加长久。因此，产品质量正是阿尔达机电设备有限公司立足发展的核心所在。王一召秉承着中华文化传统的“工匠”精神，对自己工作和产品精雕细琢、精益求精。这不仅是一种情怀、一种理念，更是一种坚守、一种责任。在这个追逐利益的时代，我们更应该学习这种精神，拥有一份简单的执着，守住这份初心。

一个真正的企业家不能只靠奋不顾身的勇气东奔西闯，也不可能仅靠在学院课堂里说教，必须在市场经济的大潮中摸爬滚打，在风雨的锤炼中长大。

谈起创业时的艰辛，王一召显得十分坦然，他将历经困难看作创业生活中的常态。早在大学期间，王一召便利用每个寒暑假时间在工厂工作，学习了解了许多加工行业的基础知识，自己也认识了许多志同道合的朋友。那时，他并没有想过自己有一天会需要肩负起一个企业以及几十位员工的生计。他只是在自己的工作岗位上忙碌着平凡的每一天，充实着自己的能力与经验。

大学毕业后，王一召凭借个人出色的表现顺利找到了工作，进入了钢铁制造行业，成了一名车间维修工。维修工作十分辛苦，却也锻炼了他的工作能力。工作几年之后，他对这个行业有了自己的认识和理解。

2013 年，王一召回到家乡湖南长沙，想要在这里做一番事业。经过实地调研，他发现长沙和郑州在制造过程方面有着极大的区别。长沙在制造过程中追求更加精细化的分工，一个完整的项目会被分为很多个细小的部分，员工之间甚至企业之间合作完成一个共同的加工项目，使得产品品质也相对有了更高的呈现。

用轻捷身姿完成自然与生命赋予我们的挑战和使命。经过一年多的考察学习，王一召决定在河南郑州创立自己的事业。2014 年，他正式进入钢材加工行业。借鉴了在长沙学到的企业精细化分工的理念，王一召在自动化方面投入了大量资金，购买了许多高端的设备，极大地提高了工作效率。同时减少了对于员工经验性的依赖程度，使得产品的精度有了更高的保障，可谓是一举多得。

岩壁缝隙，攀岩支点似我们生活中无处不在的风险或机遇。多一点身心全面的审视和协调，多一点探寻的独到和机智，多一份厚积薄发的张力。

人生如攀岩，它需要储备平衡能力，积攒柔韧力。从大唐割板到阿尔达精密加工，王一召用自己的故事向许多创业者印证了坚持不懈的重要性，更向那些曾经不看好他的人证明了自己的实力。

郑州阿尔达机电设备有限公司是一家基于大唐割板、蓝天加工、精密钣金三大生产加工部的综合性钢铁深加工企业。应用激光切割、数控折弯、自动化焊接等精端加工设备，再基于大唐割板、蓝天加工的基础加工设备，完成钢板零售切割、异形钢构件焊接、剪板、折弯、卷圆、冲压等，整个生产体系囊括从钢厂原材料下料粗加工到高精度成品制造交付的所有工作。

王一召十分注重产品品质。阿尔达机电设备有限公司在多个方面具有独特的领先优势。他与多家钢厂达成合作模式，大批原材料都是由钢厂直发，为广大消费者提供了质优价廉的原材料。而在产品加工制造方面，阿尔达拥有激光切割、数控折弯、卷圆、弯弧、数控冲压、表面处理、精密焊接等多种设备，可以为消费者提供一条龙式的全面服务。

阿达尔机电设备还有着较强的技术把控能力。在建模阶段使用 SolidWorks 或 ProE 三维建模，从加工省时、省料、合理等各环节优化设计，并根据三维展开图综合各种需求进行备料；在开料阶段，则根据客户需求，在剪板、激光、数冲、火焰、等离子多种方式之间选择；对于成型过程，也会根据工艺在数控折弯、冲压、刨槽折弯、卷制、拉弯、机加成型中选择；在成品检验过程时，产品完成全部工艺后进行 QC 检验，包括尺寸检测、公差检测、工件试装、外观检测、色度、附着度等检测。

此外，在拼焊、表面处理、清洁包装、成品入库发货等多个环节同样保质保量。优化服务，根据顾客需求的不同，完成私人定制化的差异化服务。对于生产的每一个环节，都设定专门的负责人进行审核。完成该环节后，必须由负责人审核签字后才会进入下一环节生产加工。

随着郑州钢材市场的不断发展，“质量就是生命”的理念逐渐成为企业界的共识。产品质量竞争日趋激烈，质量管理在企业管理中的地位更是日渐重要。王一召清楚地意识到质量对于企业发展的意义，从创业开始，就紧紧地抓住质量这个纲，以质量立厂，以质量兴厂。

> 爱岗敬业的职业精神是根本，精益求精的品质精神是核心，协作共进的团队精神是要义，追求卓越的创新精神是灵魂。

说起质量从何而来？王一召懂得：科学技术是第一生产力。一流的产品需要一流的先进科技作为基础，否则质量就会成为无源之水、无本之木。他在设备方面投入了巨大的资金，激光切割机、数控折弯机、焊接机械手、全自动切管机……都是领先行业的先进设备。钢材市场一般的大型加工厂也就投资一百万元左右，可是他仅仅两台切割设备就花了五百多万元；一般 200 吨的折弯机也就十五万元左右，但王一召为同样型号的折弯机投资了五十多万元。

质量管理没有永恒的答案，只有永远的问题，质量管理与成本控制就是在持续不断地解决问题的过程中逐步规范起来的。没有最好，只有更好，是王一召力求卓越的质量意识；打造著名品牌，奉献精品产品，更是他对生产永恒的追求。

王一召对于自己的企业精神，也有着同样的追求。从表面上看，阿尔达做出的产品与一般加工厂的产品做得并无两样，但是只要用专业的度量器具进行测量，就会发现其中的差距。阿尔达要求的加工精度是按 0.01 毫米为单位，精度上调了不止一个级别，但是价格却并没有提高。这就是因为厂里的设备好，自动化程度提高使得生产速度和效率大大提高，价格也不需要上涨。

在王一召看来，企业在提供服务时，不能够仅仅想着满足消费者的需求，更要设身处地为他们着想，做到尽可能贴心和完善的服务，真正让客户省心省力省钱。王一召深知想要建立与客户之间的信任并非易事，唯有从小处着手，通过长期的坚持和努力，才能够让自己的品牌在市场中占得一席之地。

回顾过去，放眼未来。王一召认为：“自己在建立品牌文化方面的工作仍需努力，不仅要让品牌知名度有所提高，更要多为员工们创造福利保证以及组织团建活动，提高员工凝聚力才能够让一个企业拥有更加长远的发展动力。”

党的十九大报告中提出“建设知识型、技能型、创新型劳动者大军，弘扬劳模精神和工匠精神，营造劳动光荣的社会风尚和精益求精的敬业风气”。在现代科技时代，“工匠”似乎远离我们而去。但是“工匠精神”作为一种优秀的职业道德文化，它的传承和发展契合了时代发展的需要，具有重要的时代价值与广泛的社会意义。王一召相信，在“工匠精神”的要求之下，阿尔达机电设备有限公司会拥有日新月盛的发展。

钢铁『战士』，有范儿青年，用青春仗剑天涯

——访河南新龙物资有限公司总经理　王文龙

年轻帅气的王文龙，1986年出生在风景秀丽、民风淳朴的黄帝故里——河南新郑。2010年年初，王文龙便从父亲手中接过公司的“猎猎旌旗”，带领着他的团队奔赴远方，勇敢地追求自己想要的梦想，不给未来留下太多的遗憾。

“如果我能看得见，就能轻易的分辨白天黑夜，就能准确的在人群中牵住你的手……”钢贸商会的舞台上，年轻、帅气的王文龙投入、深情地唱着《你是我的眼》，有着专业歌手一样的“范儿”。提起王文龙，也许钢贸圈内的人并不熟悉，但是，提起河南新龙物资有限公司，郑州钢市上或许没有人不知道。

没有富二代的优越和张狂，努力拼搏，让汗水不负青春；一个斯文小伙儿，蜕变成为“钢铁战士”的艰辛之旅，勇敢地追求自己的梦想……

1986年王文龙出生在风景秀丽、民风淳朴的黄帝故里——河南新郑。他天资聪慧，上学期间学习刻苦，成绩优秀，2005年考入北京一所知名大学学习工商企业管理。“如果不去拼搏，你要青春干什么？”王文龙曾说，不能在奋斗的年龄选择安逸，他希望趁着年轻，勇敢地追求自己想要的梦想，不给未来留下太多遗憾。他用最好的状态和饱满的热情塑造着自己，把有限的精力用在学习上，旨在厚积而薄发。

2008年，大学毕业后的王文龙还没有来得及回味十年寒窗，没有驻足，没有犹豫，背起行囊的他开启了人生的又一个角色，他被父亲安排到武汉的朋友公司接受历练。原本可以依托父亲的关系谋求个较为稳定体面的差事，或者在自家企业中当个“少掌柜”，可作为家中的儿子，家族企业的“接力棒”需要他来领跑，王文龙欣然接受了父亲的安排。

虽然也有着年轻人的特立独行，还不能完全领会父亲的全部用意，懂事的他还是彷徨地踏进了钢铁贸易的大门。和很多的新业务员一样，从仓库熟悉钢材的装卸、存储开始，一点一滴的学习。勤奋和汗水使他逐渐掌握了板材、型材等各个钢材品种的规格、理论换算等，在熟悉了整个钢材现货的交易流程后，一个“门外汉”逐渐变成钢材经销的行家里手。

武汉，作为火炉城，没有空调和电扇的夏天更是难以想象。每个月800元到1000元的工资，让王文龙经历着“炼狱”般的煎熬。他多次拒绝父亲邮寄零花钱的“关爱”对于从小就家庭环境十分优越的他来说，这些全当走出校门后的一次“任性”磨炼。

武汉期间，他不畏艰难险阻、起早贪黑，为自己渐入佳境的事业奋力拼搏。他相信，没有最好，只有更好。坎坷追梦路，艰辛终不悔。在他看来，人的一生一定要有一份自己热爱的事业，不管遇到多大的困难都坚持不懈，不轻言放弃。他是这么说的，也是这么做的。

半年后，由于在工作中能独当一面，王文龙被提拔为现货销售部经理。一年后，他完全可以自己装卸货、销售，他拥有了自己稳定的销售客户群。由于业绩突出、成长迅速、为人厚道，一直欣赏他的老板准备提拔他出任公司型材部副总经理。在武汉的一年多时间里，王文龙一直以良好的心态处事，他相信办法总比困难多。

众多人只看见他帅气和青春，也逐渐触摸到他的成熟和仗义的男人情怀。

苦难是最好的财富，远足是为了更好的归来。两年很快过去了，还没有等到公司宣布他升迁的时候，父亲“调兵遣将”的电话来了，由于母亲生病需要治疗，父亲和公司需要他学成归来委以重任。2010年年初，王文龙从父亲手中接过公司经营管理的大旗，同时出任新公司——河南新龙物资有限公司总经理。

每一个优秀的人，都有一段沉默的时光。那一段时光，是付出了很多努力，不抱怨不诉苦，日后说起时，连自己都能被感动的日子。回顾王文龙的创业之路，从开始的步履维艰到现在的阔步前行，经过长期探索、打磨和提升，企业发展的道路、理念、目标和方向都十分明晰，团队建设也很稳健，社会效益和经济效益都在奋进中不断得到提升。从管理到服务，严格按照各项规章制度，实行规范化、制度化和专业化管理模式。

南下武汉学艺有成的王文龙很快在总经理的职位上游刃有余。为了使公司融合更多自己的发展理念，他先后对公司进行过两次“内科手术”。打破大锅饭！上任不久，他便在公司上下实行工资加绩效奖励制度，大家的积极性被调动起来。认真钻研业务，积极寻找客户，一时间，公司的精神面貌焕然一新。良好的敬业精神和创业氛围让王文龙和他的团队交出了一份合格的答卷。在2011年整个钢铁贸易流通行业举步维艰的时候，公司却创下了历史新高，销售业绩比2010年增加30%。随后王文龙乘胜追击，再一次对公司变革：公司销售人员可自愿取消底薪，多劳多得。这一举措挖掘员工最大的潜能，寻求新的商机，开发终端市场，使公司逐渐形成较为鲜明的特色。

只有经历了生活的磨炼、岁月的沉淀、时间的考验，有朝一日才能厚积薄发，脱颖而出。只要认准目标，坚持不懈，相信岁月会让我们成为最好的自己。数年间，王文龙见证了钢材市场的变迁，从国库到南三环、到南四环老金马、再到新金马。他始终相信，风险和机遇是并存的，挑战与发展同在。只有敢去接受挑战，才能发展得更好。他说自己是个喜欢挑战的人，过程很重要但同样也要拿自己的业绩说话。

勇于打破传统，敢于推陈出新。王文龙凭着睿智游走钢市，一个曾经的毛头小伙儿，现今已经成为气定神闲、运筹帷幄的钢铁贸易界商人。

在与钢材行业打交道这些年，王文龙除了对钢铁这个行业抱有极大热情外，他还对钢材市场价格的变化有着一定把控。或许是他的细心和对事业的投入与执着，又或许是他对行情的敏锐触觉和对行业的深入研究……

新龙物资有限公司在王文龙的带领下，一直在平稳中发展壮大，已经成为郑州颇具影响力的大型钢材贸易企业。

2015 年，纪录片《穹顶之下》轰动一时，引起了社会各界广泛关注。环境污染问题一直是国家的心腹大患，钢铁企业也是环境治理的重灾区，穹顶之下，雾霾中的钢管业又将何去何从？谈起近年来国家对钢铁、煤炭产业去产能的事情，王文龙欣慰地表示：“去产能是好事，不仅对环境有好处，而且对整个产业健康发展都有好处，是一件多赢的好事”。

谈到企业未来如何从传统中创新，王文龙充满信心地说：“暴利时代已经结束，必须整合资源，加强团队协作，才会有更大的发展空间。而这自然需要大家报团取暖、资源共享。特别是在当前去产能的大背景下，对我们来说既是机遇也是挑战。机会总是垂青有准备的人，韬光养晦、潜移默化、积蓄力量、耐心沉淀，抢抓机遇，相信新龙会有更美好的明天。”

由于对钢材行业接触时间长的缘故，王文龙对每一波行情的变化都非常敏感。多年在行业中的摸爬滚打，让他不仅具有灵敏的商业嗅觉，更对行业有着深入了解，一有风吹草动，马上就能根据经验做出准确的判断并调整企业的经营方向；每次的涨跌，他基本能判断得较为准确，避免公司的亏损。

说到自己的家庭，王文龙的语气中带有一种强烈的自豪感，“男人嘛，除了工作，家庭就是最重要的。在我心里，我的家庭就是我最坚强的后盾。刚回郑州的那几年，因为公司还没有步入正轨，我的重心在公司，家里事情管得不多，这几年公司趋于稳定，再加上有了孩子，我的精力放在家里更多一些。但不管何时，我妻子对我的工作都很支持，对我也很包容、很理解，我们的性格是有点互补的，公司能发展到现在这个规模，少不了她的功劳，我一直都是打心底里感谢她的。”

“如果想走得快，那就一个人走，如果想走得远，那就一群人走。”他在充满铁锈味的行业中让自己的企业人情味更浓……

众所周知，如今钢材市场走势减弱、前景堪忧，我国很多钢铁贸易企业盈利骤减，甚至面临着巨大的危机。跟王文龙提起这个话题的时候，他却并未有任何担忧，只是笑而不语。钢铁市场风云变幻，但新龙公司依然能够稳步前行，王文龙是否有独家秘诀？

这不由得激起笔者的好奇心，再三追问下，他不再卖关子，娓娓道来："很多人说钢铁是夕阳产业，现在钢管市场的确不好做，光郑州市就有将近2000家，上下游空间越来越窄，价格透明。最近行情震荡，很多钢贸企业订单少，利润低，这些都是市场现状。但是我从来不担心这个问题，原因很简单，就是我深知资金、人脉都是次要的，真正的企业命脉是产品质量和诚信。我父亲那一辈至今，从未出现过任何质量问题，我们的产品质量从外观、包装和内壁均匀程度，就可以直接看出来，而且我们把诚信作为公司经营的高压线，不管多难，诚信问题绝对不会出现。只要和我合作过一次的客户都会成为我的老客户，他们可以像信任自己的家人一样信任新龙，我印象最深刻的一句话就是父亲告诉我的：'公司口碑、名誉、品牌是无形的资产，任何时候都要视若珍宝。'"

王文龙说，生意场上，诚信重于泰山，保证质量，童叟无欺。这不仅是他的父亲一直坚守的原则，现在也是他一直坚守的承诺。每个人都不是一座孤岛。是的，我们生活在这个世界上，并不是孤单一人，我们的身边还有很多朋友。我们可以一起成长、一起奋斗、一起经历，一起品尝失败的苦涩、一起端起胜利的酒杯，大家都坚持一个信念：只要万众一心，就一定能够所向披靡、无坚不摧。

王文龙深谙团队之道，非常注重团队建设。他认为拥有一支优秀的团队，就等于拥有了发展潜力和竞争优势；他用严格的要求和发展的眼光培养和管理自己的业务精英团队。每天再忙都会抽出时间和员工谈心，用自己的实战经验帮助员工提高业务能力，团队的凝聚力也在一天天地建立起来。

王文龙善待员工，从来不克扣员工工资，及时兑现奖金。如员工奖金是 1925 元，直接取整数奖励两千元。王文龙说，有的老板对离职的员工总是心怀不满，见不得别人好，自己从不这样，即使有人离职了，王文龙在兑现正常薪酬的基础上，会再多发一个月工资当作员工过渡期资金，并表示新龙的大门永远向他们敞开，什么时候混得不好了，随时欢迎回家。王文龙用自己的一份真情换来了新老员工们对他的敬佩与尊重。

诚信永远都是一个企业的核心价值观。多年来，新龙以质求生、以优取胜、以信誉为本、以服务为根、以钢铁般的意志打造经营团队，走出了一条以诚信服务为特色，合作共赢的经营路子，真诚地为每一位客户提供优质的产品和优良的服务。王文龙看来，刘强东是自己学习的榜样，他希望有一天可以像刘强东那样优秀。从王文龙的身上，我们看到了新一代年轻人不畏艰苦的精神和敢于冒险积极向上的心态。“天行健，君子以自强不息。地势坤，君子以厚德载物。”愿王文龙和河南新龙物资有限公司在未来的路上能够遨游商海、龙行天下。

龙跃苍穹，天地之间的风华年代

——访河南天地大龙钢铁有限公司董事长　王健伟

二十年的兢兢业业，精诚追求；二十年的栉风沐雨，砥砺前行。王健伟一直不懈追逐梦想、精于品质，履新求变，以高瞻远瞩的使命感和责任感，跟随时代的步伐随机应变，在发展的浪潮中保持自己独到的眼光。

思维，决定眼界；睿智，指引方向；定位，决定地位；气度，引领格局；二十年的兢兢业业，精诚追求；二十年的栉风沐雨，砥砺前行。他一直不懈追逐梦想、精于品质，履新求变，跟随时代的步伐随机应变，在发展的浪潮中保持自己独到的眼光。他就是郑州市政协委员、郑州市十大杰出青年、郑州市钢铁贸易商会常务副会长、河南天地大龙钢铁有限公司董事长王健伟。

他始终坚守本分，信奉诚信经营，坚持“以质量求生存、以信誉求发展、以客户满意为目标”的经营方针，以郑州市场为依托，借鉴“超级市场”营销模式，以“龙”的精神为引领，历经二十余年的风风雨雨，形成了覆盖晋、豫、鄂三省的钢铁产品营销网络，成为各大钢厂连接生产、制造、加工、建筑、物流的钢产品代理企业，以一流的品质立足市场，服务大众，奉献社会。

海阔心无界，山高人为峰。不是所有人都能站上巨人的肩膀。只有经历过涅槃洗礼，能在低谷中奋起的雄鹰，才是我们真正敬仰的英雄。

初见王健伟，只感觉朴素、平和、谦逊，很难将他与一个有着辉煌业绩的钢铁大佬联系起来。但随着了解的深入，让人逐渐感觉到一个优秀企业家的睿智与练达，以及他诚信做人、厚德载物的人生境界。多年来，就是他以高瞻远瞩的使命感和责任感，紧密团结公司员工，抓住一次又一次难得的机遇，奋斗不息，创业不止，用智慧和双手托起了天地大龙钢铁有限公司今日的辉煌。

王健伟，1975 年出生在郑州市管城区紫荆山南路办事处南十里铺村一个普通家庭。1997 年从河南省外贸学院毕业后，由于家人在郑州市金属公司工作，他受此影响很早就从事钢铁贸易流通行业。在郑州市金属公司，当时年龄最小的王健伟凭着踏实做事、诚恳待人的品质，从打小工、干杂活做起，一步一步在师傅们的指导下，开始跑销售，找厂家。走南闯北的推销历练，使他眼界大开，也使他熟悉了钢材销售的所有环节，更让他经商的才华得到充分的施展和提升。

随着国家政策调整，国家对钢材物资不再按计划进行分配调拨，郑州市金属公司的工作人员纷纷下海经商，成立钢材贸易公司。王健伟的两个哥哥也成立了自己的钢材销售公司。看到别人都成立了公司，王健伟也跃跃欲试。虽然那时候的他还只是一个初出茅庐的无名小卒，但他年轻的心中却装着鸿鹄之志，不为独善其身，但愿兼济天下。他始终梦想着有朝一日能挣到足够的钱，让家人摆脱困苦，都过上好的生活，有足够的能力回报乡亲、建设家乡。

当时亚洲金融危机刚刚过去，20 岁的王健伟趁着国内经济逐渐恢复，成立了郑州市南方物资有限公司管城分公司。刚开始没有客户、没有资金、没有市场，他就自己奔波，找业务，查货位，联系厂家。他始终把“诚信是立业之本，质量是企业生命”作为商业准则，用人格魅力不但赢得了各地用户的信赖和支持，也打造出一支朝气蓬勃、勇于挑战、敬业专业，又信服于他的精英团队。

一分耕耘一分收获，经过不懈的努力奋斗，他的公司逐步发展壮大起来，生意红火，他终于赚取了人生的第一桶金。2002 年，他在郑州市城东路成立了郑州市大龙金属材料有限公司。2004 年，正式更名为郑州天地大龙钢铁有限公司。

经历过风雨的“钢铁侠”，王健伟见证了郑州的钢材市场从无到有的过程，也见证了这个行业二十年来的变迁，每次行走的脚步都如此坚实。

王健伟谈起往事如数家珍，他回忆了钢铁市场的变迁。17 岁那年，王健伟刚到郑州金属材料有限公司仓库，当时的航海路可没有现在宽敞，道路两边是荒草坡，市金属对面是二里岗仓库正门（现在的国库北门），城东南路与航海路还没有打通，是丁字路，周围都还是大片的菜地、耕地（五里堡村的土地）。

1986 年 3 月航海路破土动工，1987 年建成通车。航海路上，市金属公司仓库两边有市生产资料服务公司、市化工厅仓库，化工厅仓库对面还有省乡镇企业局仓库。在市里，还有一库、二库、南阳寨仓库。后来在城东南路建成了几家独家院商户经营建材，二里岗国库开发了第一个郑州钢材市场——“物资大世界”。由于国库有铁路专用线，可以代储和中转，因此吸引了各大钢厂办事处入驻。当时有邯钢、安钢、鞍钢、宝钢等钢厂办事处，而在市金属、国库的附近也形成了许多门面式销售公司进行批发和零售，郑州钢材市场也逐渐扩大繁荣。

1998 年，五里堡村开发出上规模的“郑州市钢材市场”。1999 年 9 月航海路拓宽改造工程动工，到 2000 年 5 月完工。在这期间一部分商户搬迁至“郑州市钢材市场”，形成了板材、型材、建材、加工零售等综合性的钢材批发零售市场。河南省一建也建成了河南省一建“钢材区”。

2002 年，城东路与航海路打通，二里岗国库形成“中储钢材城”。2003 年 9 月南三环钢材市场、物流交易中心、齐辉钢材城形成。随后天元钢材市场、融通钢材市场建成。2004 年四环路建成了以金马市场为中心的钢材市场。郑州钢材市场占据中原腹地，逐渐形成了国内大型的钢材物流集散、中转、交易中心，国内各大中型钢铁企业在郑州设立了销售公司和办事处，所有的钢铁产品在郑州都有销售。

从业二十年，王健伟见证了钢铁市场从“路边摊”逐渐演变成“前店后库”的模式，更见证了钢铁贸易行业私营企业在郑州市发展从无到有，由小到大，逐渐走向成熟正规的过程。王健伟认为，办公环境的改善带来的是整个行业品位的提升和企业自身形象的塑造，让钢贸商的身份变得“高大上”起来，水涨船高的钢价也拉升不少，钵满盆满的喜悦只有他们自己知道。一时间，“卖钢材的”成了吸金能力极强的土豪行业，博取了众多眼球。钢贸商也逐渐适应了从路边摆摊到“登堂入室”的改变。

创业，需要勇气和眼光，需要胆识和行动，更需要诚信和质量。坚守本分，信奉“诚信”经营才能赢得市场信誉。

多年来，在艰苦创业过程中，王健伟始终坚持守法经营、依法纳税，并以诚实守信的经营作风赢得了社会各界的高度评价。“堂堂正正做人，清清白白为人，扎扎实实办事”，是他对自己及员工们的要求。在大龙钢铁，诚信不仅属于道德范畴，更属于制度范畴。在王健伟的领导下，企业建立了严格的规章制度，并通过不断补充来进行规范，避免了经营工作中的失信现象。王健伟认为，企业要想做到对社会讲诚信，最重要的就是要时刻严把质量关，向社会提供高质量的产品，因此他始终把企业的规范化管理放在重要位置。

2003 年，山东鲁华在河南周口的工厂开工建设，施工方是和王健伟有着多年合作伙伴关系的驻马店粮油机械厂。此次油罐工程所有钢材供货全部由王健伟负责。

当时采取的是先供货、再付款的方式。在王健伟供到 5000 吨钢材时，甲方因为自身问题资金紧张，开始拖欠货款。为了拖延付款时间，甲方便开始从钢材上挑毛病，说王健伟的钢材不合格造成了工期拖延拒绝付款。对自己的产品十分有把握的王健伟听说这个消息感到很纳闷，便亲自驱车来到周口，要求和甲方、施工方一起找周口最权威的检测机构进行检测。王健伟提出，如果钢材有问题，自认倒霉；如果没有问题，请按合同规定兑现货款。

从供货开始到这次检测，王健伟已经供了2000多吨钢材，价值五六百万元。这么大的数额王健伟是第一次遇到。但他对自己经营的钢材品质有十足的自信，到哪里检测都不怕。在这三天里，王健伟一如既往地正常处理业务，并不断给负责施工的驻马店粮油机械厂工作人员安慰鼓励。第三天下午，众人万分期盼的检测报告出来了，报告结果显示此批钢材完全符合国家规定！王健伟听说消息后自信地笑了，喊来工作人员拿来一瓶啤酒一饮而尽。第四天，王健伟驱车直奔周口，甲方也看到了报告，乖乖地同意十天后付款，并承诺继续用货。

他的诚信，不仅表现在对客户，更是对钢厂的承诺。王健伟讲起了金融危机中的一则故事：2008年元月，钢材价格一路飙升，到当年七八月已经高达6350元每吨，直到奥运会闭幕后，金融危机爆发，钢材价格一路下跌。从每吨6000多元下滑到每吨2850元。各大钢厂库存积压严重，当时国库爆满，没有销路。酒钢迫切希望各代理商能够出手相救。

面对酒钢负责人期盼的目光，王健伟放手一搏。他接到任务，依靠强大的销售网络，在市场一路下行、极其疲软的时刻迅速出手。在当年10月，钢材价格下滑最厉害的时候，他的公司创下了销售28000吨钢材的好成绩，避免了酒钢数百万元的损失，并且在酒钢全国所有代理商中，他是销售额最好的一家。酒钢负责人专程赶到大龙钢铁公司找到王健伟，感谢他为钢厂立下的汗马功劳。

诚为人，事以久；信为商，业兴昌。天地之间，大龙腾飞。我们要把理想刻在梦想的天空，给自己插上腾飞的翅膀。

凭着过硬的产品质量和良好的服务，大龙在广大客户中树立了良好的口碑，市场不断扩大，目前已成为安阳钢铁股份有限公司河南总代理，酒钢集团钢铁有限公司河南一级代理商，邯郸钢铁集团有限公司河南直销处。

“诚信为本，共赢钢市”，天地大龙钢铁有限公司秉承“诚信、高效、创新、多赢”的企业核心价值观，致力于打造河南一流的钢铁贸易企业。在销售方面保证客户款到及时发货，不影响客户提货，始终为客户提供合理价格、稳定资源、品种齐全、技术支持、一流配送仓储、及时交货等一系列优质服务，同时致力于满足客户多样化、个性化的需求，逐渐成长为1家以经营钢铁产品为主要业务的钢铁流通企业。

天地大龙主要经营：酒钢、安钢、邯钢、太钢、天钢、武钢、八钢等钢厂的热轧卷，中厚钢板。其是酒钢、安钢、邯钢、武钢、八钢日钢等钢厂的网络直销供应商。二十多年来，王健伟带领大龙人本着“品种全、价格低、供货快、服务高效”的经营目标，全力打造河南郑州的“板材超市”，创造最值得信赖的企业，销售最值得信赖的产品，受到广大用户和业界同人们的一致好评，连续几年获得市区用户单位，金融系统等多家单位的表彰。

作为河南地区专业的钢材直销和物流企业，大龙公司一直致力于整合和优化产品及社会资源，锻造整体供应链的竞争能力，不断提高自身经济实力和团体素质，为用户提供满意的产品和高效的服务，公司的成功案例遍布河南、山西、湖北等省市的市政建设、机械制造、铁路公路、矿山机械、国家大型建设项目。

大龙钢铁拥有一片耀眼的奖牌：郑州市文明诚信企业、河南省豫商文化交流协会常务理事单位、郑州市钢铁贸易商会常务副会长单位、郑州市钢铁贸易商会板材分会会长、首届郑州地区钢铁营销50强、青海玉树地震灾区捐款荣誉证书……闪光的足迹背后，不仅是王健伟不畏艰难、矢志创业的见证，更是他锐意进取、追求卓越的颂歌。

常怀一颗感恩之心，从参与汶川地震的捐助到玉树地震的捐助；从救助贫困学生到援助白血病人，王健伟一直在努力让爱传播。

“达则兼济天下”是中华民族的传统美德，也是企业经营的最高境界。在企业发展的同时，王健伟始终没有忘记奉献社会，他不仅在跌宕起伏的钢铁市场打拼着，更用万分柔情诠释着人间大爱。

2013 年 4 月 20 日 08 时 02 分，四川省雅安市芦山县发生 7.0 级地震。灾难无情人有情！雅安地震牵动着每一个人的心。在获悉雅安地震的信息后，王健伟在郑州市钢铁贸易商会会长黄涛的倡议下，立即组织员工向灾区奉献爱心。在他的带动下，商会当天捐助 50 万元。他们的善举彰显了强烈的社会责任感与乐于奉献的精神，他们所捐出的救灾款带着浓厚的关心和关爱，成为灾区群众战胜灾害、树立信心、重建家园的坚强后盾和强大动力。

王健伟常对公司员工讲：“德不配位，必有灾殃。”也许正是非凡的人生经历，让他对“厚德载物”的意涵有了更加真切的认知和理解。贫苦的出身让他有着超乎常人的坚韧品质，也正是由于他深知生活的不易，在他实现自我丰足之时，不忘努力回馈社会。他认为，每个人的成功都离不开社会，因此在力所能及的时候，一定要将公益变成自己事业的一部分，把带领大家一起致富当作自己的义务和责任。

王健伟就是一个这样的人：对经营，他讲诚信；对社会，他讲责任；对员工，他讲良心。他在个人生活上较为低调，但对社会公益事业却十分关注。在别人需要帮助的时候，他毫不吝惜。这就是一个成功企业家的魅力所在。正如王健伟自己说的，只有具备诚信和善德的人，只有身负责任和使命的人，才能够成为一名真正的企业家。而一名真正的企业家不仅要心系企业、心系国家、心系人民，还要有博大的胸怀勇于承担社会责任。这样做，企业的高度才能体现出来，这样的人生也才有高度，才有意义。

天地大龙公司多年来不仅在钢铁贸易取得了长足的发展，而且注重钢铁产业链的上下游服务领域的延伸。王健伟认为：“传统行业更需要分享信息、分享资源、分享机遇，在厂家与供应商、经销商和下游客户之间建立起良好互动，构成一个供应链生态圈，不仅可以优化行业经营环境，还能带动产业的良性发展。”

忆往昔繁花似锦，望未来豪情满怀。面对未来，王健伟带着对钢铁行业的情怀，以及对风云诡谲的市场环境精准洞悉。他将运筹帷幄、积极实践布局规划，以品质、品牌和标准提升产业附加价值，在电商与金融之间，在供应商与需求方之间，建构稳固良性的价值链，在钢铁贸易行业打造有社会责任感的旗舰企业，为中国钢铁工业迈向高端再续新篇。

铁骨铮铮，一个退伍老兵的钢贸商界T台秀

——访河南淘钢电子商务有限公司董事长　田会宾

从长年戍守边疆的边防军人到铁路系统的一名站长，再到沉浸钢铁贸易行业的创业者，田会宾二十多年来，凭着军营磨砺的过硬素质和坚强意志，在中原地区创造了一个个商业神话，更印证着一个道理：百炼成钢，势必辉煌。

二十年前，田会宾曾在大兴安岭守备部队第五师服役，用双脚丈量大地，翻越林海雪原，接受过魔鬼式训练，磨炼出无比坚强的意志。十年前，他毅然决定从火车站站长一职卸任并转战钢贸圈，由此与钢材贸易结下了不解之缘。

今天，他成了中国钢铁电商十大杰出人物、2018 年中国 B2B 百名行业领袖、2018 年度中国钢铁电商杰出人物，他就是河南淘钢电子商务有限公司董事长田会宾。退役二十多年来，他凭着在军营磨砺的过硬素质，创造了一个又一个商业神话，更印证了一个道理：百炼成钢，势必辉煌。

踩着皑皑白雪，用脚步丈量祖国的东北边防线；穿越林海雪原，让橄榄绿的色彩涂满自己那飞扬的青春岁月。

商丘，燧人氏钻木取火发源地，中国历史文化名城之一，有着“三商之源、华商之都”之美誉。20 世纪 70 年代，田会宾出生在河南商丘一个铁路家庭，他从小就有着军旅梦。18 岁那年，他光荣参军，成为中国人民解放军某部的一名战士。部队驻内蒙古呼伦贝尔盟、博克图镇。主要任务是：平时负责国防施工，边防巡逻，警戒，组织民兵训练，开展群众工作，编写兵要地志和进行战地勘察等；战时担负坚守防御作战任务。

无边林海、茫茫雪原。许多人赞叹大兴安岭的美丽，但只有长年戍守的边防军人，才能真切体会到这美丽背后的磨砺。睡觉时风在耳畔吼，训练时冰雪地里滚——这是野外训练生活的真实写照，那里的环境是那么艰苦，田会宾和战友终生难忘，冬季是那么漫长，气候是那么严寒，物质和文化生活是那么匮乏和枯燥。正如人们所形容的那样：白天兵看兵，晚上看星星。但在四边思想的指引下，战友们的工作和生活却是开心、快乐、别有一番情趣。这里茫茫林海教育了他们，使他们的思想更加坚定；这里的汩汩清泉哺育了他们，使他们的心灵更加美丽和真诚；这里的皑皑白雪磨炼了他们刚强的意志。

在大兴安岭，田会宾和战友一起用双脚丈量了大地，翻越了林海雪原。魔鬼训练培养了他艰苦奋斗和无私奉献的精神，更磨炼了他的意志。无数个夜里，田会宾告诫自己：军人戍守边关，使命在肩、责重如山，须臾不可懈怠。距离再远绝不忘忠诚，争做新时代的好战士；氧气再少绝不缺精神，争做林海雪原的新传人；海拔再高绝不辱使命，争做打胜仗的刀尖子；环境再苦绝不破规矩，争做守纪律的老实人；始终要以崭新的姿态书写忠诚。两年戍边结束，他因军事素质过硬而名列前茅获得嘉奖，为自己的军旅生涯交出了一份优秀答卷。

1990 年，田会宾脱下军装，含泪告别军营，告别了风雪边关，退伍进入国家铁路系统。“我是铁路家庭出身，父亲在铁路上工作，我当兵回来后也是进入铁路系统。从小家里人给我灌输的观念就是坚韧，这在我后来的经历中也是至关重要的。”田会宾说。1990 年至 2008 年，田会宾在铁路系统深耕十多载，他牢记军旅生涯给他造就的铁骨铮铮，不断发扬勇敢顽强、坚毅执着、敢于挑战的工作作风，决心用军人特有的勇敢、执着，从基层岗位一路成长为某地火车站站长，闯出了一片属于自己的天空。

在很多人眼中，从军人到商人，只是一个角色的转变。可在现实当中，从军人到商人，岂能只是一个角色的简单转变？

“金麟岂是池中物？”眼前的“铁饭碗”并不是田会宾毕生追求。2008 年，在无数人惋惜和不解的目光中，田会宾毅然决定从火车站站长一职卸任并转战钢贸圈，由此与钢材贸易结下了不解之缘。田会宾在安阳和商丘两地同时经营钢贸生意，并和安阳各大钢厂建立起了良好的合作关系。

2008年钢价在金融危机之下波动很大，在变幻莫测的市场中，拼的是市场判断能力，考验的是每一个钢贸商的勇气和决策能力。

在此情况下，田会宾迅速掌握市场行情，做出正确分析判断，在这场无硝烟的战争中，以雷厉风行的行动赢得了胜利。多年来扎根于钢铁行业，让田会宾看透了钢市风云，生意越做越大，随后田会宾转战郑州。2012年，成立河南豫之钢贸易有限公司。早在公司成立之初，田会宾就带领人员调研了全国30多个大钢厂，走访了河南全省钢材贸易市场，为前期筹备及后期发展奠定了坚实的基础。

“最要感谢的还是一直支持我们的客户以及我的团队。在业务上我们给客户提供全方位的服务，从拿到报价单开始，一直到货物送到工地，我们提供全部服务。客户也是给我们100%信任，有很多客户是从公司成立合作到现在的，这是让我很感动的。我的团队大部分是毕业后就来到公司的，他们一路跟着公司成长，任劳任怨，辛勤付出，没有团队的付出，也不会有公司的今天。”回顾起当年的创业经历，田会宾感慨地说。

“关于配送，首先服务要到位，工地交货问题我们会提前安排好；关于质量异议，实行事先赔付的原则：有异议我方先赔付，而后再与钢厂协商；关于员工，我会给他们提供合适的晋升渠道，并给予相应股权，让员工参与分红。”田会宾表示，公司不仅有一套完善的服务标准，同时有一批有活力的年轻人，在各自的岗位上兢兢业业，不言苦累。

河南豫之钢自成立伊始，一直秉承“诚信为本，服务立根，高效专业，精准务实”的经营理念，视服务为企业之本，迎来了一批批忠实的客户。公司先后与全国各大知名钢厂建立了战略合作关系，形成了系统的钢铁产业服务链，树立了豫之钢标杆企业形象。

如今，豫之钢已成为中原地区集批发、物流、仓储式零售、加工为一体的大宗钢材贸易企业，主营业务涵盖了国内外的钢材销售。公司经营产品包括型材、建材、板材、管材，满足了各类建筑工程、钢构企业的需求，成为中原地区首家倡导“一站式工程配送”的企业，形成了一条系统的钢铁产业服务链，树立了豫之钢的标杆企业形象。

功夫不负有心人。在田会宾的带领下，公司先后荣获“河南省钢铁贸易商会副会长单位”“郑州市钢铁贸易商会副会长单位”“河南省 2012 年至 2018 年连年年度钢贸 50 强”“郑州市钢铁贸易商会诚信企业”“2014 年至 2018 年连年我的钢铁网中国钢贸企业百强”“中金协全国 50 强”等荣誉称号。

疾风知劲草。面对市场困境时，只有勇于创新和实践的企业，才能长久地存活下来。近两年，国内钢铁市场持续走低，市场供需严重不平衡，企业销售利润严重缩水，众多钢贸商如履薄冰。在此情况下，田会宾决定开拓国外市场，希望借此打开国外市场，使得企业稳保利润，拓宽企业的业务范围，河南豫一实业有限公司就此成立。公司主要专注于“大建材”和“大市场”，通过上下游结合、内外贸结合、期货现货结合的模式，为客户提供“海外一站式配送”服务，掌握金属建材市场定价权。其主营产品有钢材、铝产品及有色金属等。凭借专业的外贸团队、稳定的销售渠道和客户群，公司在海外所占的市场份额也不断提升，成为中东、非洲和南美等地区很多国家市场的主要供货商。

如果说，今天就是昨天的未来，那么，未来需要用心铸就；继往开来的人生，每一天都会因为努力而变得精彩。

田会宾从 2008 年开始接触钢铁贸易，经过 10 多年的磨炼，他对钢市的变化有了更清晰的认识和把握。钢厂直发、一站式工程配送是河南豫之钢的主要经营模式。在经营方面，田会宾非常看中市场的充分开发与合理规划利用，他说：“一个贸易型企业，渠道就是这个企业的命脉。如果不注重渠道建设，企业就没有市场、没有未来，何谈利润和生存。”

正是在这样一个“市场决定论”的经营思路引导下，河南豫之钢自成立之日起，就秉承“扎根郑州、立足河南、面向全国”的发展目标，日趋发展壮大。短短几年时间，河南豫之钢先后成为山东莱钢、日照钢铁、河北邯钢、河北津西、济源钢铁、首钢长治、山西安泰等钢企的河南区域代理。

凭借优质的产品质量、创新的销售模式和专业精细化的服务，豫之钢先后为中国南水北调工程郑州段、河南郑州航空港区工程、郑州地铁工程等国有工程，以及中铁、中建、中交等大型央企、国企配送了大量建筑用钢材，赢得了合作伙伴的高度评价。田会宾介绍，公司积极部署国外市场，目前已与海外多家企业建立长期合作关系，并通过整合全国优质供应商资源，努力成为具有相当规模、种类齐全、具备相当品牌影响力的钢贸企业，为客户提供专业的 24 小时、全程式、一站式采购服务和解决方案。

在田会宾的带领下，豫之钢始终坚守贸易流通领域，秉持创新精神，以信息化为契机，不断创新业务模式，构建资源节约型和环境友好型的综合供应链系统，以崭新的贸易模式为钢铁产业链条发展做贡献。

随着互联网飞速发展，钢铁物流行业建立智能钢铁物流中心是大势所趋。谈起钢铁物流产业园创新，田会宾表示，物流园区创新经营管理模式的关键在于物流园区需要摆脱物业经营思维，深度挖掘物流园区内的物流、商流、资金流、信息流的潜在价值，介入供应链流程，创造新增盈利点。钢铁物流园需要转变原有的模式，增加附加模式，以数据为依据，建立专业化、数据化、金融化、信息化的新型物流园区。

所有行业都要随着时代去改进业态，钢铁物流行业同样也如此。在当今大数据时代，建立智能物流的确是一个趋势，但建立需要时间。“未来 3 ~5 年内，公司计划在保持‘全国钢贸 100 强’企业的同时，积极扩充人员储备，培养公司所需要的复合型人才，为公司的发展提供源源不断的后续储备；以环境友好为前提，创新企业发展模式，积极开拓‘互联网 + 钢铁’，全面贯彻国家发展方向，探寻新的发展思路和发展模式。”田会宾表示，目前外贸业务也正在积极探索新的方向，打造海外“一站式工程配送”。

一叶扁舟，深谙浪花韵律，却未曾听见海鸥的嘶鸣；放眼那片远海的深蓝，千帆竞发时，梦想乘着巨浪远航……

在经营中，河南豫之钢始终以“诚信为本，专业经营”为企业宗旨，着力打造长期稳定的客户群体和富有进取精神的企业精锐团队。田会宾说，诚者，真实无妄之谓。诚信的建立不仅要按双方约定履行自己的责任和义务，还要与对方共享信息、共担风险、共享收益，在长期共赢的合作中树立自己的信誉。如果利用自己的资金、渠道等优势，让合作者让步很大，这样很难让对方认可，合作也可能是短期的。诚信不是自己标榜的，是合作单位在与你长期的合作中给予的评价，所以只有持之以恒的以坦诚之心对待每一个客户，做每一笔交易，才能在客户之间形成良好的口碑。口口相传，才是树立信誉的最佳途径，客户的忠诚度就是检验自己诚信度的最重要指标。

2018 年 1 月 17 日，对于田会宾和河南淘钢电子商务有限公司来讲是一个值得纪念的日子。当日，中共河南淘钢电子商务有限公司支部委员会成立大会成功召开，集团全体党员见证了委员会的成立，田会宾同志当选为第一届党支部书记。田会宾表示要加强党的理论学习，结合企业实际，切实加强党建工作，坚定不移地坚持党的领导，加强党的自身建设，规范党员行为，充分发挥党组织的战斗堡垒作用，为企业和社会做出自己的贡献。

现如今田会宾同为香港龙城集团董事长，集团旗下子公司有河南豫之钢贸易有限公司、河南淘钢电子商务有限公司、河南豫一实业有限公司、郑州欧田机器人智能科技有限公司公司等。短短几年，成绩傲人。

面对如今的钢市，互联网的发展无疑是为钢铁圈注入了新的希望。田会宾表示公司涉及的业务范围正在向钢铁电商、智能工业机器人、跨境电商等领域扩张。“互联网时代的发展是非常迅速的，任何事物随时都有可能被颠覆，固守一方寸土，是无法长久地走下去的，我们需要做的是在庞大的信息轰炸下，快速提取有效信息，做出反应，创新发展，积极寻求适合企业发展的运作模式。”田会宾表示，“互联网＋钢铁”是大势所趋，虽然现在还不能完全替代传统交易模式，但未来十年，电商一定会给钢铁行业一个全新的颠覆。

这几年，随着“网购”不断盛行，国内快递物流迎来了高速发展，但钢铁等大宗物资流通却一直发展缓慢。谈起阻碍其发展的原因和钢铁物流行业存在的问题，田会宾说，首先钢材行业信用体系还不够完善，钢材产品价值高，价格波动大，钢铁电商虽然也有很多，但整体钢铁行业还是进展比较慢的。增加行业信用也是急需解决的问题，增加信用评级体系，建立行业信用体系。

随着国家《中国制造 2025》战略的提出，田会宾带领团队积极响应国家号召，成立郑州欧田机器人智能科技有限公司，开拓新的源泉，不再拘泥于现有的钢材贸易。

自信人生二百年，会当水击三千里。田会宾表示，前景可期，机遇无限，未来公司将打造集合国内外钢材贸易链、智能工业机器人、“互联网＋钢铁”等先进技术的研发、生产、销售为一体的产业链，随时做好准备，不断迎接新的挑战。

大道至简，平凡人生，来自黄土高坡的『钢管舞者』

——访河南大道至简钢铁有限公司董事长　任向军

平凡的世界、平凡的家庭、平凡的岗位，任向军用执着和专业铸就着钢铁人生。从事钢管贸易二十多年来，他一直致力于打造“钢管一站式销售服务”平台。任向军认真、踏实，做任何事情都要亲力亲为，依靠河南郑州得天独厚的地理优势，一步一步让公司的产品遍销全国各地。

儒雅的风度，睿智的眼神，朴实的笑容，端起茶一饮而尽；悠然的谈吐，随和的表情，淡雅的举止，投足间尽显真我。他就是河南大道至简钢铁有限公司董事长任向军。他最爱看的一本书是《平凡的世界》，他在平凡的世界、平凡的家庭、平凡的岗位上铸就着不平凡的钢铁人生。他致力于打造“钢管一站式销售服务”平台，主营焊管、镀锌管、无缝管等钢管品类，依靠河南郑州得天独厚的地理优势，让公司产品遍销全国各地。

背起行囊，带着亲人的嘱托，深深地回望一眼故乡，把袅袅的炊烟像版画一样刻在心里，挥别生养的黄土高坡，陌生的城市，从此迎来一个远足的热血男人。

在中国各个城市里，散落着这样一群人——他们来自偏远的农村，却怀揣美好的梦想。他们认真、踏实，做任何事情都亲力亲为。成功时，他们善于总结经验，失败时，他们毅然踮起脚尖，挺起脊梁往前迈，不焦躁、不浮躁。就是这样一群看起来普普通通、简简单单的人，却改变着一个地方、一些行业的发展。

任向军，1972 年出生在三国名将关羽的故乡——山西运城。如今已是不惑之年的他，回忆起过去的一幕幕，坦言道：“昨日仿佛刚刚发生一样浮现于脑海。”1992 年，任向军高考失败，失望之余，他开始在山里挖果树坑、种农作物，每天筋疲力尽。秋天的一季棉花，他没日没夜地忙了几个月，最后才赚了 100 元钱。这让从小生活在农村的他更加感受到农民赚钱的艰辛和不易。

世界那么大，总要出去看看。那一刻，任向军下定决心一定要到大城市去闯闯，要在大城市扎根，要让自己的孩子将来接受大城市的教育。

1993 年正月二十三那天，农忙尚早，整个农村被过年的气氛紧紧地包裹着。收拾简单的行李，谨记父母的嘱咐和唠叨，他选择东去郑州。老家的一个叔叔在郑州焊条厂工作，这为任向军的异乡之旅带来了些许温暖。跟着叔叔，他在郑州从事起了电焊材料贸易工作。然而，仅仅三年，因国家政策调整，焊条厂经济效益开始下滑，他决定自立门户，销售电焊辅料。

1997 年，号称北方“小香港”的天津大邱庄因为钢铁一时间在行内火热起来，任向军发现了这股浪潮。正巧当年一位做管材贸易的朋友偶尔从他这里走账，当时一吨钢管能有七八百元的利润，他看到了管材的大好前景，于是毅然决定转型。同年 4 月，任向军开始四处筹集资金，资金凑足 6 万元，刚好是进一车焊管的本钱，从此开启了他的钢材贸易生涯。

“我最爱讲故事，让我给你慢慢道来，大道至简钢铁公司原本是郑州银泽物资一步一步演变来的。”任向军品了一口茶，讲起了当年岁月。最初他从天津大邱庄进货，机缘巧合下与天津银泽制管有过合作。后来天津银泽制管的老总看他人实在，正好也有打开中原市场的想法，于是双方建立了战略合作关系。他们给任向军提供了相当优惠的合作条件，先给他价值一百万元的产品，并特许他进货超过一百万元时再给他们打款。在天津银泽制管的协助下，郑州银泽物资有限公司在郑州钢铁行业声名鹊起。

资源不对称，信息紧缺是那个时代的特点，这也致使全国钢材市场开始了一阵淘金热。也就是从那个时候起，他开始了艰苦创业。凡事亲力亲为，为了一单小小的业务，他可以骑着自行车奔波近百里地跑市场。装货卸货肩上扛，尝遍了销售人员的酸甜苦辣，也积累了人生第一桶金。

直到 1999 年 11 月，任向军正式注册成立了郑州市银泽物资有限公司，2010 年改名升级为河南银泽钢铁有限公司，他只有一个目标，就是要把银泽做大做强，能够在郑州闯出一片属于自己的新天地。任向军讲起了自己记忆最深刻的一件事，那是在公司初创不久，当时公司订了一批货，为保证货到能及时付款，在前一天他们就把货款准备好，锁在了公司保险柜里。但意外的是，第二天那批货到了之后，付款的时候却发现货款竟然被盗了。他报警之后，立即着手筹集当天所有营业款，一等凑够数目就第一时间支付货款。

从一个农村娃，到稳居郑州钢材市场的行家里手，商海中，除了要有钢的信誉和铁的承诺，任向军还用睿智和善良让一个晋商的形象愈发硬朗起来……

宋人潘阆有诗曰："弄潮儿向涛头立，手把红旗旗不湿。"在一项变革中，有人走在前方，为众人引领方向，亦有人跟随，有人旁观，有人质疑。那些在变革中引领方向的人，即是潘阆诗中所言的弄潮儿。任向军就是一个始终走在时代前列引领潮流的"弄潮儿"。2009 年，一直做钢贸公司的任向军决定投资两千万元买地建厂，一边生产一边投资。至 2010 年 1 月，他带领团队创建的郑州银泽钢管制造有限公司正式投产，实现了由钢铁贸易流通企业向钢铁生产制造实体的成功转型。

创业之初，面对竞争激烈的钢管市场，银泽只是行业内上千家钢管同行中一个不起眼的小企业。品牌知名度不高、缺乏技术人才、资金实力弱，他的产品似乎找不出优点能在竞争中突围。任向军坐不住了，在他看来，产品的品质和品牌在一个企业的初创期具有极大的价值，宁可在眼前吃一点亏，但是不能在品质上失去品牌信誉。因此他提出严格执行钢管的国家标准，把质量视为生命，他制定了多项误差标准远高于国家标准的企业标准，并且配合上高标准的包装要求，使得产品质量一跃达到行业一流水平，得到了客户的认可，订单也纷至沓来，到 2011 年，银泽已发展成为具备八条生产线同时生产能力的钢管生产企业。

命运在考验着任向军，金融危机带来的潜在危机正在慢慢地靠近他们。2011 年，整个钢铁市场日渐萧条起来，八条生产线生产的钢管大量积压囤货，很难销售出去。面对困境，任向军并没有被现状击倒，而是积极面对，从容应对。他一方面调价销售，另一方面调整思路，改生产架子管。在郑州地铁一号线的建设中，银泽生产的架子管得到了高度认可，并全部被订购投入建设。

俗话说，不怕不挣钱，就怕货不全！任向军“颠覆自己”调整产品结构，打造银泽钢铁的一站式购物模式。他在原有生产和销售镀锌管、焊管、架子管等基础上，新增方矩管、钢塑管、螺旋管等品种。同时，公司根据不同的品种设立单独销售核算的专业公司，形成目前集焊管、镀锌管、钢塑管、方矩管、无缝管、螺旋管、架子管七大品种的公司。作为郑州钢铁贸易行业的管材销售企业，“钢管一站式体验”成为河南银泽决胜市场的利器，各个公司在单独经营仓储的基础上，共享银泽品牌，让客户走进银泽后，根据需求，由银泽各个公司通力配合调货，真正实现一站式购物，这样不但节约了商户的购物时间和成本，也能让以“银泽钢铁”为品牌的各类管材形成合力，占据更大的市场空间。

回眸离开家乡的过往，把苦难和成功打包封存。站在岁月的潮头，除了不变的初心和憨厚的容颜，任向军成了一位与时俱进、顺应时代的优秀晋商。

近年来，信息技术和互联网迅猛发展，让每个人都处于空前剧变的伟大时代之中，人们足不出户便能点击千里、共享世界、跨境往来、贸易天下。“任何人必须顺应时代潮流，所以我们一定要与时俱进，任何时候都不能与趋势作对。”任向军说。

任向军还举了一个利用互联网工具的实例，一些大型建筑公司有的分公司在远离总部的地方接单，当他需要钢材时，肯定是在当地完成采购最为便捷。人生地不熟，采购员最先做的事就是先上网搜索一下。如果有客户想在郑州购买管材，他在网上就很容易能搜索到任向军的公司。有一次，一个客户就是先从网络上搜索到银泽公司后，又到钢材市场上打听，得知银泽公司的口碑不错，就直接在这里下了5000吨管材的订单。

面对未来，任向军说要在“传统贸易+钢铁电商”方面下功夫。一是“传统贸易+钢铁电商”是贯彻新发展理念，实现高质量发展的根本途径。对钢铁企业转型升级、实现绿色智能可持续发展将起到至关重要的推动作用。二是“传统贸易+钢铁电商”是企业转型升级，实现绿色、智能、可持续发展的核心支撑。三是发展工业互联网联盟，建立全新钢铁产业链，更有利于实现做大做强的目标。

2017年，任向军将公司更名为河南大道至简钢铁有限公司，目前，公司销售主要以郑州为主，业务范围覆盖中建七局、中建三局、中建二局、省一建、省二建、省五建、省六建、郑州一建、泰宏建设、正岩建设、水利建设、豫川消防、森美消防、华安消防、利达消防、联通电子、豫新电子、泉瞬机电、郑州通信、铁通通信、中兴农业、交通电厂、机场等二百多家建设和使用单位。产品主要辐射周边省份地区，如山西、山东、安徽、江苏、湖北、湖南、宁夏、内蒙古、贵阳、信阳、驻马店、周口、平顶山、洛阳、三门峡、焦作、济源、开封、漯河等多家经营单位，并多次受到城市建设、大型电厂、交通、机场、农业等国家重点项目的好评。

8000多天里，一群亲如家人的同路人，从携手，到并肩，再到一起打拼市场，银泽钢铁用亲情历数和铭记着曾经走过的一路风尘和美景。

在香港企业界流传着这样一句话：企业运转正常与否，只看领导的行为就知道了，如果领导整天忙得焦头烂额，正是企业漏洞百出的时候；当领导十分清闲时，反而是企业高效运转的时候。任向军身为董事长，将公司管理得井井有条、风生水起，始终以钢管品种齐全、企业文化独特等标签享誉业界。至于业务做得如何，每天门前的“车水马龙”应该可以说明一切，这就是任向军独特的管理艺术。

在整整两个多小时的采访中，他未提及半点和成功有关的字眼。他只聊他的经历、他的妻子、他的父母、他的儿女……聊起来时而两眼放光、时而两眼含泪、时而两眼深情，言语中露出那深沉的爱。这份爱不限于对他的家人，还包括他对同事、对客户、对朋友那种发自内心的爱。

那天，大雨。有幸听到了钢铁公司保管员与司机的对话。司机：“这么大雨，我还以为你们不会装车。”保管员：“我们的工作就是装车，满足你们的各种需求，就是下刀子我们也要装。”不知道是什么样的管理能让一个在基层的员工说出这么有责任感的话。

企业间的竞争，归根结底是人才的竞争。工作中他是个尽善尽美的老板和朋友，他的团队更是凝聚着他多年的心血，他为自己公司的员工提供房补，并出台了“你买房我还贷”的政策，让自己的员工在公司得到真正的福利。任向军说：“我们公司每年腊月二十以后，基本上就很少做业务了，开开年会，慰问一下员工家属，然后就安排大家去旅游。上一年几个员工抓阄，分别有泰国、印度、韩国、日本、德国等，劳逸结合，大家干劲更大。”

都说事业和家庭很难周全，可是任向军对自己的孩子却加以更多的感情投入。2013 年 6 月被郑州市教育局和郑州市妇女联合会评为“郑州市优秀家长”。2010 年，任向军还当选为河南省钢铁贸易商会副会长；2011 年被《现代物流报》社评为优秀记者（特约记者）；2012 年当选为郑州市工商联郑州钢铁商会副会长；2018 年当选郑州市工商联郑州钢铁商会常务副会长。就是这样，任向军靠着诚信经营、居安思危、艰苦创业的精神，掌舵郑州银泽由小做大，由大做强，逐步成长为河南大道至简钢铁有限公司，在郑州钢材市场中开创出了自己的一片天地。

你可知冰冷的钢铁背后，充满着几多温情。让书香挟裹着茶香四下弥漫，现如今“大道至简”不只是一家钢管贸易企业，更是中原钢贸界的一个闪亮明星。

城市，如同每个人的初恋，有的人会从一而终，有的人会中途分开，有的人因爱生恨，有的人纠缠不清。不同的人生不同的故事，在城市不同的角落肆意上演。深夜一盏灯，闭门悟人生。这个嗜书如命、信佛抄经、爱妻顾家、灵魂带着血性的男人凭一己之力，还成立了悦快乐读书群，读书群会定期举办沙龙活动，和众多书友一起分享智慧，从书中和第三者的眼中来重新审视钢铁市场。任向军从建群伊始，不断在群内带头推荐和交流好的书籍，群里的各个书友也纷纷发言、互动，整个微信群里充满了书的气息和思想的碰撞。

岁月如一指流沙，但读书可以沉淀时光。从读书群到一站式购物模式，任向军通过他的不懈努力、身体力行地灌溉着这座城市，在潜移默化中，改变着身边的人，使这座城市向善、向上、向好、向前。他说，现在郑州钢贸圈正在改变，从之前的只看价格不注重其他，逐步转变为注重品牌和文化的建设。很多贸易商都不再经营一些劣质钢厂的产品，也都建立了自己独特的企业文化，整个圈子改变了很多。现在越来越多的人参加了读书会，也有很多兴趣类的沙龙都在举办，郑州已经成为有着自己独特文化和品牌的新领地。

“大暑始至，万物蒸煮，世皆隐匿，恐避之不及；然市有隅，不惧反争，无畏寒暑，更莫论春秋……数载冬夏，严规律己，仁纪治人，立忠兵良将；银渡终生，泽披天下，钢世游刃，管世风媚俗。”在任向军的办公室里，挂着一幅带有浓郁古典写作风格的书法作品《银泽赋》。这首由资深书友赵国军创作的《银泽赋》，新鲜出炉后随即火爆钢贸圈，从而使《银泽赋》和“河南银泽”的企业品牌再次“发酵”，备受业界关注。

任向军深有感触地说：“独木不成林，公司这些年来的发展离不开朋友们的关注，希望同选择大道至简钢铁公司的合作伙伴们携手发展，共同进步，在钢材行业的大熔炉里，我们虽然很小但一定会全力以赴做那颗最闪亮的钢花。”“万丈红尘三杯酒，千秋大业一壶茶。”这是任向军常说的一句话。平日生活里的任向军是个儒雅的老师，喜读书、爱品茶，煮酒谈文化。

从容、低调、谦和，他用特定独行为自己的生活打上烙印；品茶、健谈、直爽，他的人生坐标系上写满了快乐的乐章。回首钢铁行业的二十五个春秋，路遥的那本《平凡的世界》给了他多年来坚持的动力，二十五年很长，征途漫漫；二十五年也很短，弹指一挥。二十五年，一个信仰成就了一个行业的标杆，也成就了一段艰辛而伟大的历程。任向军，用时间丈量品质，此时方见初心，从未曾改变。

今生，不忘记那个曾经帮自己一把的人

——访郑州启正物资有限公司总经理　刘大峰

年轻人总要有些野心和想法吧！1995 年到郑州创业，至今已经二十四年。对于刘大峰来说，走过风雨，终见彩虹。他们夫妻用没有选择的选择，把日子走进了曾经梦幻的佳境。在外拼出好日子，也不忘家乡老人：一起看看大海，吹吹海风，在椰子林里散步，去西双版纳看野象……

刘大峰，土生土长的河南许昌人。父亲是个铁路职工，虽然自己没有考上理想大学，但妻子是同乡，小日子过得也算红火。1993 年，刘大峰 24 岁，筹措 6000 元，承包村里的挂面厂。由于农村很多人都进城打工，加上行业竞争激烈，不会缺斤短两的他们，始终是处于亏损的状态。

年轻人总要有些野心和想法吧！人都说故土难离，刘大峰踌躇许久，最终带着妻女深夜踏上了寻求生计的人生旅途。

1995 年秋，刘大峰在为一个东北的客户加工完最后一批货后，他决定不干了，盘点下来，没有挣到钱，还欠了亲戚朋友不少钱和人情。没有了经济收入后，刘大峰一家人的生活陷入了拮据状态，生活一片迷茫。想蒸一顿卤面，尽管村东头有家肉铺，可是由于没有钱，刘大峰几次徘徊到了肉铺门口，又只能悻悻而归。

总是这样也不是个办法。刘大峰的姐姐说，来许昌卖菜馍吧。媳妇的嫂子则说，不如到郑州，毕竟是大城市。夫妻俩经过一番考虑，决定北上郑州。人都说故土难离，初次决定离开自己生活了二十多年的家乡，不是出门旅游，而是进行另一场寻求生计的人生之旅，没有目标，不知道未来的模样。

由于做挂面厂时仍然亏欠不少的人情和债务，虽然是出去寻求挣钱的门路，可总觉得不是光彩的事情。于是夫妻俩决定在一个天未亮的时刻离开村子。1995 年的腊月，天气是异常的冷。夫妻俩收拾行囊带着四岁的女儿悄然踏上了寻求生计的人生旅途。

翻过村边的河沟，每走一步，心情都十分沉重，双腿似乎无力迈动。他们停下来，回头望一望生养自己的村庄，顿时，眼泪在眼中打转。这一去，不知道何时重返故里，心头有万般不舍，却也没有了退路。“我们一定会回来的!”他们一家三口，骑着三轮，奔着许昌市区的方向，冲进暮色中……

第二天，刘大峰一家乘车出发，开启了背井离乡的郑州之行。当时的漓江饭店是进入郑州的地标性停靠点，刘大峰一家下车后，就近找了个房子住下。为了减少开支，他们找了一个10多平方米的房子，摆放好从家里带来的被子和锅碗等物件，一个充满陌生城市气息的家就这样算是安下了。

当时的郑州，交通尚不十分发达，拉人力三轮车成为刘大峰进入郑州后首份工作。由于郑州火车站聚集着很多服装批发市场，他选择每天天不亮去火车站拉货。凭着自己年富力强，为了争取更多的商机，他降低了价格，多跑几趟。一天下来，能挣个30元左右，虽然双腿僵硬，但他心里是开心的。

没有事情的时候，他还会去北二环的水果批发市场，进一些水果在街上卖。就这样，日子总算是能够维持，虽然没有进城后的大富大贵，一家人也算是其乐融融。为了多挣些钱贴补家用，1995年的冬季，刘大峰总是带着女儿去东三马路卖水果。水果生意不好，就再卖菜。

他至今记得很清楚，那年的腊月二十九，除夕的前一天。刘大峰进了一车水果，把女儿放在三轮车上。天气太冷，孩子冻得一直哭。在一个涵洞的上坡处，由于道路结冰，任凭自己拼尽全力，三轮车仍然不能正常前行。就在这时候，一个身高1米70左右的中年男子恰好路过，他毫不犹豫地把自行车放在一边，帮忙推车。

提起当初的情景，刘大峰仍记忆犹新。而让他遗憾的是，由于当时着急，也不知所措，他只是通过眼神表达了谢意，还来不及说出谢谢，那个人已经离开了。多年后，那个推车人的样子，他仍然可以清晰地回忆起来。

功夫不负有心人。刘大峰为人实诚，广交朋友，在外拼出好日子，也不忘家乡老人：一起看看大海，吹吹海风，在椰子林里散步，去西双版纳看野象……

安居才能乐业。随着女儿渐渐长大，1998 年，刘大峰毅然决定在南关大街买了个房子。当时的价格是每平方米 1300 元，这在当时来说是笔不小的开支。两年后，儿子出生，一家四口人，花销自然不少。必须有所改变才行。听同村一个人说，在郑州搞钢铁加工生意不错。于是，他骑着三轮去钢材市场附近转圈，期待发现新的赚钱商机。

看见一家专业服务剪板的门市，他走进去问，人家老板根本不租，但给刘大峰介绍了一个转让的店面。2005 年，他加入了钢铁加工行业。

干加工那些年，由于为人实诚，刘大峰结交了很多优质客户，后来都成为好朋友。这些人气的聚集，也成了财气汇聚的根源。由于从事钢铁加工，他对钢铁贸易有了不少的了解。2006 年年底，他决定在当时钢铁贸易商集中的天元钢材城卖钢材，以管材、型材为主。功夫不负有心人，当时正值钢材贸易的黄金期，刘大峰逐渐把自己变成了“郑州人”，开始了从容的经商生涯。

手里宽裕后，刘大峰把之前做生意欠的款全部还清，还为多年打拼的自己买了小汽车。2009 年，刘大峰夫妻又在距离公司较近的城区买了改善型住房。回想一路走来的艰辛困苦，夫妻俩没有心存侥幸。面对飞速发展的时代，他们觉得，孩子们不能再像他们，应该依靠教育改变未来。

如今，两个孩子出国留学，两个孩子的成绩足以让夫妻俩引以为傲。回想当年的那种困境，刘大峰的妻子仍然十分感慨：“实话说，那个时候真的绝望了，可是，到许昌市区后，看到当时最高的地标性建筑中国银行大楼，心里莫名的充满着动力和希望。”

在业界，很多人都知道，不善言语的刘大峰十分孝顺。母亲早逝后，父亲又找了老伴。为了让老父亲颐养天年，2017 年，刘大峰花费 30 多万元，把老家的房子进行了翻修，并按照城里的标准装修了一番，还添置了应有的家具。

看着老爷子住着别墅一样的新房，儿子又那么孝顺，周围的邻居们羡慕之余，也夸奖刘大峰对老人的孝心。每逢听到这些，刘大峰总是淡淡地一笑说，尊重老人是做儿女们应该做的，自己在郑州生活好了，更希望父亲也能享几天清福。看看大海，吹吹海风，在椰子林里散步，去西双版纳看野象……刘大峰带着老父亲阅尽美丽风景，诠释父子情深。

梁山好汉，三兄弟齐心把《好汉歌》唱响中原

——访河南省鲁华钢铁有限公司董事长　刘远华

十五载鲁豫情，一册逐梦记。来自梁山的刘远华和哥哥刘志远、弟弟刘培远，三兄弟挥别山东老家，义无反顾地踏上中原大地寻梦，梁山好汉千古永驻的浩然正气深深激励着三兄弟，齐心把“好汉歌”唱响中原。

十五年，是一段历程，镌刻着鲁华钢铁从一路风尘到一路美景的岁月风华；十五年，是一座丰碑，书写着刘氏三兄弟从齐鲁大地踏入中原福地寻梦的坚实足迹；十五年，是一个起点，激发着公司跨行业发展，树立中原房地产领导品牌形象。“昨天钢铁侠，今日地产黑马。”这就是河南省鲁华钢铁有限公司董事长刘远华和哥哥刘志远、弟弟刘培远中原逐梦的真实写照。

刘志远、刘远华、刘培远三兄弟挥别山东老家梁山，一辆长安之星面包车载着他们对未来的憧憬，义无反顾地踏上了寻梦中原之路。

梁山，位于山东省西南部，这里因一部古典名著《水浒传》蜚声海内外。梁山好汉的仗义行侠名传近千年，其悠久的历史和深厚的文化积淀，使之成为中华文化中一支绚丽的奇葩。刘志远、刘远华、刘培远三兄弟就出生在梁山。

儿时，梁山好汉千古永驻的浩然正气深深激励着三兄弟。因为家境贫困，弟兄们多，为生活所迫，刘志远作为老大，很早就辍学了，早早外出打工补贴家用。童年和少年的时光饱含了他太多辛酸的回忆。也就是从那时起，三兄弟在内心深处暗下决心：“一定要通过自己的努力，彻底改变自己，改变家庭，改变家乡，过上幸福、宽裕的日子。”

在早些时候，三兄弟曾经去过天津静海种棉花，想方设法挣钱养家糊口，其间有过成功，也有失败。但无论如何，这些经历都在他们的心头烙下了一个又一个的印记，锤炼出他们坚韧不拔的性格。五里堡，郑州的一个地名，如今已经鲜有人知，但对于钢铁行业的人来说，五里堡钢材市场（郑州钢材市场）却是每个郑州钢铁人记忆深处的符号。

2001 年，刘氏三兄弟中的老二刘远华背井离乡，只身从山东来到郑州踏入钢铁贸易流通行业，在郑州五里堡一家钢材企业做起了业务员。无论风霜雪雨、严寒酷暑，他坚持深入各地跑业务、找客户。刘远华说："有时候到一家公司推销产品，你还没有开口说话，就被别人拒之门外。有时跑了几天都没有任何收获。"

深夜的街头，他疲惫至极，内心的辛酸和迷茫让他永远难忘。然而，刘远华还是凭借毅力和勤奋，继续奔波在各个工地。刘远华始终坚守一个信念："做生意最重要的是诚信。无论怎么难，质量不能打折扣。面对市场需求，一定给到客户最好的产品。"

一个诚实的人，必然会受到他人的喜爱和敬重；一个勤劳的人，必然会得到成功的回报；一个勤劳而又诚实的人，最终一定会迎来好运。刘远华始终记得，当初自己一个月工资才 300 多元，但刘远华一做就是四年，销售一线的艰辛打磨让他得到了创业的第一桶金。刘远华没有小富即安，他决定成立自己的公司。

古人云：打虎亲兄弟，上阵父子兵。亲兄弟齐上阵一定会发挥出比常人更加默契、强大的战斗力。刘远华不再一个人单打独斗，决定邀请老家的哥哥和弟弟一同来到郑州创立公司。2005 年 3 月 16 日，在响亮欢快的鞭炮声中，河南省鲁华钢铁有限公司正式成立。

当豪爽和质朴成为标签时，这群山东兄弟已经稳稳地扎根中原，博大包容的省会郑州，从此让"鲁华"有了安居中原的"家"。

每一个创业者的背后，都有不为人知的辛酸，在那些创业故事的背后，往往有成千上万个半途而废、壮志未酬的失败故事。刘远华也不例外，他说："在创业初期，最难的三件事：找方向、找人、找钱。所有最难的事都只能靠弟兄三个。"从开始创业的如履薄冰，到如今的淡定从容，刘氏三兄弟用山东大汉特有的豪情义气，河南商贾的睿智，带领着河南鲁华走过了十多年的艰辛岁月。

“诚信赢得市场，品质拓展未来。”刘远华有着山东大汉的豪爽与质朴。他说：“不管怎样，诚信是第一位的，做钢材生意，做的不光是买卖，最主要的是人品。做人一定要诚实、守信，答应客户的事情就一定做到。不能承诺了别人，自己没有守信，这样的企业是永远没有发展空间的。一个人要想做好生意，首先要学会做人。我们的企业能够健康发展，也就是在于诚信与服务。诚信，永远是一个企业发展的核心。”

“没有背景，没有学历，只有做好人。立诚，则行天下；守信，则强天下。”谈及创业多年的经历，刘远华说，市场利润和企业诚信其实就是眼前利益和长远利益之别，在一个合作双赢的商业年代，诚信的缺失可能带来微小的收益，但失去的却是整个未来。刘远华坦诚地说：“我希望能和身边的每一个人做朋友，以诚相待、以信相交是我坚持不变的原则，做生意也是如此，用信誉来赢得客户。”

他是这样说的，更是这样做的。河南省鲁华钢铁有限公司在他的带领下一路走来花开果硕，目前下设郑州市鲁梁贸易有限公司、河南泰昊钢铁贸易有限公司、西安市鲁丰商贸有限公司、太原鑫鲁华钢铁有限公司。鲁华钢铁现已成为河南亚新、洛钢钢厂、山西新金山、山西建龙、新郑福华等一级代理商。销售网络遍布河南全省及湖北、湖南、安徽、陕西、四川、重庆、内蒙古等十多个省市。公司经营范围包括三级抗震螺纹钢、盘螺、线材等，现有办公场所 2200 平方米，仓库占地面积近 30 亩，拥有 16 吨航吊 10 部，日吞吐量在 10000 吨以上……

“客户的需要就是我们的工作，我们将一如既往地为广大客户提供优质的产品和一流的服务，为各钢铁企业做好销售代理。”身为董事长的刘远华自豪地说，我们始终以“真诚、务实、和谐、创新”为企业经营理念，以“团结拼搏、开拓奉献、不断创新、勇于进取”为企业精神，以“发展企业，服务经济、服务社会、回报国家”为企业最终目的。坚持和钢厂、客户共同打造民族品牌，制造市场活力。以合理的价格为基础，本着互惠互利，共同发展的原则，以诚信赢取客户。

不求做大，只求做久。从钢铁贸易流通到地产开发建设的华丽转身，河南“鲁华”顺利成了一座城市品质生活的“运营商”。

“不要把所有的鸡蛋都放在一个篮子里。”早在 1981 年，诺贝尔经济学奖得主詹姆士·托宾曾经说过这样的话，后来作为经济学里面的一个基本原理被大家引用。自从金融危机发生后，很多人都知道要把资金投到不同的地方去，以分散风险，否则一旦市场突然发生变化，企业就可能因产品的崩溃而元气大伤。深谋远虑的刘远华始终知道这个道理，早在 2011 年，刘远华已经针对钢材市场价格起伏变化不定的现状，及早着手布局多元化发展。

2011 年 3 月 9 日，河南省鲁华钢铁有限公司正式进军房地产项目。同年年底，刘远华投资 1 亿元，在新郑市工商行政管理局登记成立郑州坤达置业有限公司。刘远华决定以建设大美郑州为己任，从实际行动来彰显对中原大地的情怀。作为中原骄子——郑州，担负着腾飞中部的使命。犹记十年前备受质疑的荒芜郑东，而今已成一颗璀璨的中原明珠，刘远华也是郑州蜕变的见证人之一。

刘远华坦言说：“坤达不求做大，但求做久。短暂的项目盈利并不是坤达想要的。稳扎稳打，依据自身的优势、不断提升企业的竞争力才是根本。”营造高品质的生活，已成为决定企业生存的关键。刘远华认为：“要提高品质，还需去看国家、城市、消费者关心什么，走上自己的特色化开发道路，才能在市场竞争中找到自己的占位。”

从纽约中央公园到风靡世界的“绿色屋顶”建筑，绿色与自然一直备受人们喜爱。而在可持续发展的国际呼声下，倡导绿色健康的生活，也是当下最流行的生活方式。刘远华说：“坤达置业作为一名城市生活运营商，肩负改善人居水平的责任，誓要为郑州人提供拥有领先配套、服务和环境的好房子，营造人与自然和谐共生的高品质社区。”

刘远华主创的坤达祥龙城，潜心造园，大手笔规划了占比高达41%的“六园一组团”园林景观，决定着整个社区的宜居性和舒适性。白天，目之所及鲜花盛开。夜晚，流水潺潺朦胧湿意。三百六十度鲜氧浸润，浓荫里的人居佳境。2015年，坤达祥龙城项目一举夺得获得当年当地“最值得期待楼盘”“最具潜力价值楼盘”。

2018年，公司投资开发的坤达江山筑楼盘正式启动，并斥资6个亿打造郑州南基础教育的新高地。项目与华东师范大学合作，华东师范大学附属郑州江山学校（拟定名），由郑州坤达置业有限公司投资建设，将建在紫荆山南路新郑南龙湖片区“坤达·江山筑”项目内，为幼儿园到高中十五年一贯制学校。根据规划，学校占地230余亩，招生规模3000余人。2020年3月开工建设，将在2022年陆续开始招生。学校校长将由华东师范大学在全国范围内遴选派出，学校所有教师也将由华东师范大学进行统一招聘培训。

按照当前的项目规划，未来坤达·江山筑小区内部配建有6所12班幼儿园、3所小学、2所初中、1所高中。其中有1所幼儿园、1所小学、1所中学、1所高中是十五年一贯制学校——华东师范大学附属郑州江山学校的组成部分。坤达·江山筑项目总占地3000亩，总建面260万平方米，是南龙湖片区体量最大的楼盘。项目的整体容积率为2.0，而目前在售的一期容积率仅有1.7，建筑密度仅约19%，一期的内部绿化率高达58%。项目内部有十七里河景观带及规划的体育公园、绿地中心公园、沿河景观公园等绿肺资源。低密、生态、大盘，这是坤达·江山筑的三个标签。

刘远华说，新常态下，房子回归居住属性。城市从“大发展”向“稳建设、稳发展”过渡。开发商也进入了“优胜劣汰”模式，更要注重提升企业竞争力。能否真正营造高品质的生活，已成为决定企业生存的关键。刘远华认为：“要提高开发品质，还需去看国家、城市、消费者关心什么，走上自己的特色化开发道路，才能在市场竞争中找到自己的占位。”

在刘远华看来：“诚信才能从市场中赢得崇高的声誉，这种声誉是企业效益的源泉，是企业生命力的不竭动力。”正是出于这种坚持，坤达祥龙城对产品建材严格把关，引入瑞士迅达电梯、亚太天能指纹密码锁、断桥铝合金中空玻璃等一大批国际建标。首期开盘热销，引爆南龙湖。其卓越品质与用心服务，获得了广大客户的一致赞誉。雄心卓越，品质传“诚”，这是坤达得以高速发展的缘由。

兄弟携手，他们把生活和事业描绘成了磅礴的画卷，用勤奋的手推开未来的窗，透过七彩的光，让梦想插上翅膀开始飞翔……

作为一名城市建筑者，刘远华以建设大美郑州为己任，用实际行动来彰显对中原大地的情怀；作为企业的引路人，刘远华提出集团公司以房地产为重点方向的发展战略，把房子“做好、做精”视为己任。不管是对人才储备还是客户服务，少承诺，多兑现。

面对竞争对手的各种营销花样，刘远华坚持不断创新开发的营销模式。刘远华谈道：“在‘互联网 +’时代下，各家开发商全民经纪人、微信互动、电商等创新营销手段层出。未来将会是以客户为中心的开发模式——大众将通过众筹，参与到房地产开发的融资、规划、运营和购买过程中。传统开发商将发生角色转变，由资源整合者转变为专业服务提供商，坤达置业将积极调整和创新，迎接‘互联网 +’时代。”

从诚信“钢铁侠”到“地产黑马”，刘氏三兄弟商道传“诚”信念不变。河南省鲁华钢铁有限公司在刘远华的带领下，已经发展成为一家集房地产开发、钢铁贸易、钢铁生产、金融投资、物业服务、装饰工程为一体的跨行业、跨地区的大型多元化现代企业。

一个篱笆三个桩，一个好汉三个帮。刘远华除了感激患难与共的哥哥与弟弟，更感激一路不离不弃的员工。鲁华钢铁现有员工 100 多名，主要业务人员，财务人员全部具备大中专以上学历。刘远华深知，在激烈的竞争中，市场决定企业前途，而人才决定企业命运。德才兼备的高素质人才的加盟，会使公司在企业现代化道路上生机勃勃，充满希望。

2015 年 2 月 9 日，河南省鲁华钢铁有限公司十周年庆典活动在郑州隆重举行。刘远华代表公司在讲话中感慨地说："十年的拼搏，十年的努力，我们鲁华人从未停歇，非常感谢大家十年来风雨同舟。有了大家的共同努力，才有鲁华公司如此骄人的成绩。在经历了十年的艰辛和发展，让我们明白一个道理：一个企业的发展壮大，最核心的源动力是要拥有一个奋发向上、积极创新的团队。"

谈到下一个十年时，刘远华说："在这个高兴的日子里，我们要播种下一个十年的理想，由我们的团队共同携手，共赴未来。在未来的十年里，鲁华会顺应市场的需求而发展。我们期待着，并打起十足的精神为下一个十年时刻准备着"。

时不我待，只争朝夕。2016 年，河南省鲁华钢铁有限公司下属的新郑市鼎晟房地产开发有限公司顺利为2000 亩的洪沟项目动土奠基，这标志着集团发展进入了一个新的阶段。作为河南省大型的实力型钢铁流通企业，河南鲁华钢铁的"华丽转身"吹响了钢贸商进军其他行业的号角。在刘远华的影响下，郑州钢市的部分企业目前已经开始向相关产业跨界，房地产、酒店、汽车销售、物流等都为钢贸商多元化发展的首选项目。

"创业有起点，事业无终点"。刘远华深知，今天的成绩只是明天事业的一个基点，只是人生的一小步。他仍将凭借着对事业的追求，对员工负责和对社会奉献，秉承基于客户创价值、基于价值做产品、基于产品增服务、基于服务提理念、基于理念塑品牌、基于品牌报恩典的理念，带领河南鲁华昂首走在创新发展之路上，向着极具竞争力的多元化大型企业阔步前进，描绘着新时代钢铁企业转型发展的磅礴画卷。

钢骨柔情，斯文的山东汉子和他如水的人生

——访郑州北方钢管有限公司总经理　刘灿忠

生命虽然短暂，但每个人都在演绎着自己的人生故事。千禧年，刘灿忠毅然放弃别人眼中的“铁饭碗”，告别家中妻女，从宋江故里山东菏泽踏上开往郑州的创业之路，四年时光荏苒，最终顺利成为一名钢管销售大咖。

那一年，他辞去“铁饭碗”，从宋江故里山东菏泽来到千年商都郑州寻梦；那一年，他带领一支团队艰苦创业、砥砺奋进，成为行业骄子；那一年，他年入千万仍低调无华，上善若水，泽被万物而不争名利。他就是郑州北方钢管有限公司总经理刘灿忠。

他孤身一人从宋江故里走来，身披一路风尘，从月薪 200 元的公务员到如今的钢贸大咖，荏苒的时光里，铭刻着曾经过往的岁月……

人的一生，在浩瀚的历史长河中，犹如天上的流星一闪即逝。生命虽然短暂，但每个人都在演绎着自己的人生故事。刘灿忠，1972 年出生于宋江故里——山东菏泽，一个贫苦农家。他不甘于家乡的贫困，从小就立志发奋读书跳出农门。1996 年，他大学毕业后被分配到菏泽卫生局当会计，成了一名端“铁饭碗”的公务员。他思路缜密，才智过人，账目日清月结，从未出过任何纰漏，被单位评为劳动模范，被同事誉为“神算子”。

时光荏苒，体制内的日子过得波澜不惊。但刘灿忠是个不甘平庸的人。性格决定命运，这样“一眼都能看到头”的日子，让原本每个毛孔都充满血性和激情的刘灿忠心生厌倦。2000 年，他毅然放弃别人眼中的“铁饭碗”，告别妻女来到郑州创业，成了一名钢材销售员。从此开始了风餐露宿、栉风沐雨的业务生涯。

南到云贵、北至内蒙古、东到鲁浙、西到新疆，足迹跑遍了全国各地。刘灿忠是个克己奉公的精细人，为节省开支，出差饿了吃自带的干粮，渴了喝不花钱的自来水，住宿住不收费的候车室。机遇总会优先眷顾那些励志创业的有心人。2004 年，刘灿忠有了当老板的决定，于是他注册了郑州北方钢管有限公司，主营燃气管道。

刘灿忠介绍说，北钢集团总部位于辽宁省海城市经济技术开发区，下设八家子公司，是国内颇具实力的钢管制造企业。而他成立的郑州北方钢管有限公司主要负责河南地区销售。

“做，就必须做好，做出个样子来。”刘灿忠暗暗下定决心。北钢集团产品销售网络覆盖国内外油气输送管线工程、铁路建设工程、城市水网改造及燃气管网建设等项目，产品销往全国各地及美国、加拿大、澳大利亚、厄瓜多尔、哥伦比亚、委内瑞拉、苏丹、埃及、阿尔及利亚、印度、沙特阿拉伯等几十个国家和地区，参与了多项国内外国家级重大输油、输气、输水管线工程项目建设。

自成立郑州北方钢管有限公司 10 多年来，北钢集团也从单条生产线向多条生产线，从一个生产基地到三个生产基地，从单一产业向多元产业，从单体公司向集团化经营稳步发展。刘灿忠更是带领团队在中原大地依循国家产业导向，关切地方经济发展，顺应时代发展潮流，在激烈的市场竞争中迅速崛起，不断提升企业综合竞争力，推动北钢管材产业迈向高端，实现公司跨越式发展。

在公司的多年运营中，刘灿忠始终秉承以客户为关注焦点的经营理念，不断进行渠道精耕，河南十八地市的市场占有率逐年上升。他以诚信立足市场，凭借优质的产品和真诚的服务，不断提高客户满意度，凝聚北钢品牌的感召力。目前北钢集团产品已经遍及全国和世界多个国家，全球市场正在推动北钢集团成为受人尊重的国际化大型企业。

刘灿忠说：“北钢集团重点布局钢铁产业，实施多元化经营，坚持稳健经营，以坚定的决心推动管材主业发展，拉长拓宽产业链，在钢铁行业中寻求更多发展机会。同时，积极探索新的投资方向，强化企业抵御市场周期和经营风险的能力。目前 PE 管材、机械加工、金融、石油产业已在集团多元化经营中占有一席之地。”

刘灿忠坦言："我们不断创新，合理转化国外先进技术，加快技术创新和产业升级步伐。螺旋钢管成型口径成为全国之最，防腐产业已保有四项国家专利，棒线生产线全面推行清洁生产，JCOE项目全面引进世界范围内最先进工艺和技术，质量检测中心取得CNAS国家实验室认可，成为省级产业集群公共检测服务平台。"

一个人真正的资本，不是美貌，也不是金钱，而是人品。人品是生活中的通行证，在冷峻又善变的时代，它是彼此心灵最后的依赖。

只有用整个身心拥抱事业和社会的人，才会成为业界有影响力的人。刘灿忠在对外合作方面坚持与强人为伍，不断提高企业竞争力。公司坚持强强合作战略，先后与浙江物产集团、中铁物资集团、鞍钢集团和中建材集团等国内大型企业签订战略合作协议或组建合资公司，开展原料采购、产品销售等多领域全面合作，极大提升了市场竞争能力。

刘灿忠认为，无论是选择合伙人还是招员工，刘灿忠始终认为人品是一个人最好的底牌，管理靠自觉，和员工以心换心。一个单位无论管理制度多么严谨，一旦任用品德有瑕疵的人，就像组织中的"深水炸弹"，随时可能引爆。试想在一个企业里有人天天动脑挖墙脚，这个人能要吗？试想一个非常有能力的人，人品出了问题，不是能力越大反作用越大吗？

罗斯福说过："有学问而无品德，如一恶汉；有道德而无学问，如一鄙夫。"古人云："德者才之王，才者德之奴。"可见，人品何等重要。刘灿忠始终认为，人生可以没有学位，但不可以没有学问，更不可以没有人品。人品是最高的学位，德与才的统一才是真正的智慧，真正的人才。

刘灿忠讲起了一个故事，一个年轻人去面试，突然一个衣着朴素的老者冲上来说："我可找到你了，太感谢你了！上次在公园，就是你，就是你把我失足落水的女儿从湖里救上来的！""先生，你肯定认错了！不是我救了你的女儿！"年轻人诚恳地说道。"是你，就是你，不会错的！"老人又一次肯定地说。年轻人只能做些无谓的解释："真的不是我！你说的那个公园我至今还没有去过呢。”听了这句话，老人松开了手，失望地说：“难道我认错了？”

后来，年轻人接到了任职通知书。有一天，他又遇到了那个老人，关切地与他打招呼，并询问道：“你女儿的救命恩人找到了吗？”“没有，我一直没有找到他。”老人默默地走开了。年轻人心里很沉重，对同事说起了这件事。不料同事哈哈大笑：“他是我们公司总裁，他女儿落水的故事讲好多遍了，事实上他根本就没有女儿。”

“什么？”年轻人大惑不解，同事接着说：“我们总裁就是通过这件事来选拔人才的，他说人品过关的人是可塑之才。”刘灿忠坦言：“世间技巧无穷，唯有德者可以其力，世间变幻莫测，唯有人品可立一生！当人品和学识相辅相成时，才会让一个人走得更高更远。”

在郑州北方钢管有限公司，刘灿忠始终坚持德才兼备、以德为先的用人导向，建立培养人、激励人的体制机制，以员工发展为战略目标，实施人本管理，切实履行社会责任，让员工和企业共同成长。

小企业做事，大企业做人。刘灿忠从来不会亏待公司里好好做人、认真做事的员工。员工去云南、福建跑业务，担心路途遥远人困马乏，他让员工乘飞机往返。员工每年年终奖金高达一二十万元。在他的公司里，很多员工都是全款在郑州买房买车，快乐工作、幸福生活是每一位员工的真实感受。

所有的工作都是为了生活。当有一天老去的时候，手端茶盏，任凭茶香四溢，在悠扬的小提琴声中，笑看晚霞满天。

每一位成功的男人背后总有一个默默奉献的女人和一个稳定的家庭，刘灿忠更不例外。刚开始创业时，刘灿忠的爱人在菏泽当地医院上班，因为没人看孩子，她就带着孩子上班，很累很辛苦。“家庭和工作不能兼顾，我的思想比较传统，我始终把家庭和孩子教育放在最重要的位置。”刘灿忠说，任何成功都不能弥补教育孩子的失败。身为父母，有一天您苦尽甘来、功成名就时，突然发现孩子没有教育好而走上了歪路，您会不会有种全军覆没的感觉？

有人说，也许你是一位非常优秀的领导，能管理好上百万人的城市；也许你是一位非常成功的商人，能每年创造成百万上千万元的业绩；也许你是一位非常杰出的教师，你已桃李满天下。但是，如果你的孩子教育不成功，就不算真正的成功。

刘灿忠说："孩子是自己的，更是国家的。孩子的好坏决定了我们的民族和国家的未来。一个孩子，输不起，教育好一个，造福三代。"对于孩子而言，艺术之路是非常坎坷而曲折的，刘灿忠的女儿很爱好小提琴，尽管非常刻苦但苦于没有名师指点，进步缓慢。古时有程门立雪拜师学艺传颂千年，今有刘灿忠带女儿拜师学艺同样感人。

有一天，一位来自北京的小提琴界泰斗应河南文化厅邀请，来河南进行巡回演出。刘灿忠得知消息，决定带女儿在演出结束后拜其为师。当天演出结束已经很晚了，刘灿忠在其所住宾馆一直等到晚上 11 点，才见了一面。但这位泰斗说行程匆忙，明天要回北京，有机会再收徒。为了女儿刘灿忠并不灰心，他通过其秘书打听，得知其第二天要去黄河游览区参观后才回京。于是第二天刘灿忠早早驱车带着女儿跟着他们的车队来到黄河游览区，伺机拜师。

在风光旖旎的黄河游览区，这位泰斗看到一个陌生人始终带着女儿跟着他们，询问秘书得知其来意后甚为感动。他便现场让刘灿忠的女儿拉了一曲，之后他点评说乐感很好，同时说孩子父母的精神很让人感动，决定收其女儿为徒。事后刘灿忠得知，女儿是这位小提琴泰斗在河南收的唯一弟子。女儿在他的指导下进步很快。后来，他移民去了澳大利亚悉尼。刘灿忠便让妻子带着女儿一路追随来到澳大利亚悉尼，继续深造。功夫不负有心人，他的女儿先后在国际比赛中多次斩获大奖。

刘灿忠经常带着儿子去贫困山区看望慰问儿童，从小培养孩子的爱心和善心。刘灿忠说，人在年轻的时候，千万不要借口工作忙而忽略对孩子的教育。在年老的时候，一切荣华富贵都是过眼烟云，而一个不成器的孩子，足以让你晚景惨淡，但是一个成功孝顺的孩子足可以让你生活无忧。

如果老了，可以早上在巷口看朝阳，去集市买蔬菜水果，烹煮打扫。午后读一本书，品一品茗，拄着拐棍瞧夕阳。晚上在杏花树下喝茶，直到月色和露水清凉。

“上善若水”语出老子的《道德经》，指的是最高境界的善行，就像水的品性一样，泽被万物而不争名利。“水”对老子而言有“七善”：“居善地，心善渊，与善仁，言善信，正善治，事善能，动善时。”这也折射出为人处世的“七智”，做到这七条，方能和水一样——“不争，几于道”。

刘灿忠坦言：“水乃万物之源。如果论功行赏，歌颂万年都不为过，如果它要炫耀自己，炫耀 N 年都难以炫耀完。在如此丰功伟绩面前，水始终保持一颗淡定的心。不骄不躁，不仅不张扬，反而哪儿低往哪儿流，哪里洼在哪里聚。做人，就是要学习水那种奔流到海的追求，刚柔相济的能力，海纳百川的大度，滴水穿石的毅力，润泽万物的奉献。”

在目前如此浮躁的环境中，刘灿忠能有一颗如此淡定的心，的确是相当难得的。刘灿忠说，自己年轻时不懂低调，春节时曾开着豪车在老家县城最好的酒店，打开茅台、五粮液等名酒豪饮。现在觉得以前是多么的浅薄。如今的刘灿忠把更多的精力放在助人、感恩、公益、报答社会上。刘灿忠曾经的合伙人也有一个富足的中产家庭，房子、车子、存款，该有的都有了，但就是因为一场大病撒手人寰。是啊，事业做得再大，赚再多的钱，有什么用呢？假如没有一个健康的身体，一切都是浮云。

刘灿忠说：“不管是一个事业有成、家财万贯的人，还是一个普通中产家庭，身体出了问题，什么金钱、事业、房子、车子和存款，就会通通成为过眼云烟。至于贫困家庭，那就是雪上加霜。”为此，刘灿忠经常叮嘱孩子，学业很重要，但身体更重要，锻炼身体是首位，读书是第二位，不能颠倒。他告诉父母，你们的健康才是儿女的福气，请多注意身体，保持乐观开朗的心态。他无时无刻告诫自己，事业很重要，但身体更重要。养好身体，才能做好事业，承担好养家责任。

想想当下，随着环境污染、饮食健康、生活压力等生存条件的恶化，癌症的发病率越来越高，越来越年轻化，各种疑难杂症越来越多，要知道随便一个病症都有可能让你的人生倒塌。而绝大多数人，为了拥有更多物质和空间，却还在拿命换钱，未来他们只有用钱去换命。以“买车买房”为价值标准的时代正在离我们远去，不管房子产权是70年还是无限期，那都和你没关系，因为那时你肯定已经不在了。

刘灿忠感言：“每一个人，请先不要为你获得的物质和空间而扬扬得意，最重要的是先思考三个问题：你还能奋斗多久？你陪父母的时间还有多少？你陪孩子的时间还有多少？”刘灿忠扶危济困，大爱无边，不受时空和地域限制。不管是近亲乡邻，还是从未谋面的陌生人，只要有难，他都会见义勇为，伸出援手，奉献爱心。

刘灿忠每年都会为贫困山区孩子捐款捐物，春节给环卫工人买来米面油。他还积极照顾乡邻，他的村庄有2000多名村民，每年春节，他让本村所有70岁以上老人免费去超市领鸡蛋、礼品及春节福利。在刘灿忠心里，情义重万金。“我保险柜里的借条都有数千万元，从来没有主动去要账。”刘灿忠说。

还有一次，他替朋友担保。朋友过世后，朋友家人早早请了律师，卖房跑路，他的五百万元担保金打水漂。很多人说他傻，但刘灿忠从来不计较这些。只是在心里告诫自己，从今以后，好心，要给有良心的人；热心，要给重情义的人；诚心，要给明事理的人；真心，要给懂珍惜的人。

他的合伙人患病期间，刘灿忠不惜花费巨资远赴北京、海南等知名医疗机构陪朋友积极治疗。合伙人患病去世后，刘灿忠深明大义，给了其家属近500万元，并为其家属购买了600万元的商铺让其经营，平时对于他们的孩子关爱有加、视如己出。

谈及未来，他不求大富大贵，只求平安幸福。刘灿忠描绘了以后的生活：等我老了，带着茶，退出江湖，就住在一个人不多的小镇上。房前种茶屋后种菜，没有网络，自己动手做饭，一茶、一饭、一粥、一菜，与爱人相守，春看茶，秋扫叶，夏养家禽冬烧柴。早上在巷口看朝阳，去集市买蔬菜水果，烹煮打扫。午后读一本书，品一品茗，拄着拐棍瞧夕阳。晚上在杏花树下喝茶，直到月色和露水清凉。

剑桥钢铁，实力出圈『牡丹城』

——访河南剑桥供应链管理有限公司董事长 刘剑涛

他总是脸上挂着憨厚的笑容，淳朴自然，喜欢无拘无束的生活和工作。一首《再别康桥》让许多人对徐志摩笔下的“剑桥”魂牵梦绕。在河南洛阳，刘剑涛同样创办一家以“剑桥”命名的钢铁贸易流通企业。

英国剑桥大学以所在地而命名，作为英国乃至世界顶尖的大学之一，从剑桥走出的名人数不胜数，牛顿、达尔文、霍金等，还有15位英国首相以及25位其他国家的元首。中国名人也很多与其有缘，人们怀着敬佩的心情称剑桥为“自然科学的摇篮”。

在河南洛阳，同样有一家以“剑桥”命名的钢铁贸易流通企业，这家企业年销售建筑钢材近20万吨，是安阳钢铁股份有限公司、邯郸钢铁集团有限责任公司、河南济源钢铁（集团）有限公司郑州地区的一级销售代理。成立二十多年来始终凭借优越的货源渠道、先进的管理、优质的服务，在钢铁行业发展中，赢得广大客户的支持和信赖。这家企业就是河南剑桥供应链管理有限公司。一首《再别康桥》让许多人对徐志摩笔下的“剑桥”魂牵梦绕。今天，让我们走进河南剑桥供应链管理有限公司，听董事长刘剑涛讲述他和“剑桥”的故事。

一个优秀团队是领导的心头肉。假如好不容易培养出的团队，却因为一点原因背叛，哪怕这团队能力再强也无法成大事，因为没了底线。

生活，本就没有规则可言，1970年出生的刘剑涛结缘钢铁纯属偶然。1993年之前，刘剑涛是一位玻璃经销商。都说环境可以造就一个人也可以改变一个人。当年在刘剑涛的周围，就有一群从事钢铁交易的老友。俗话说，近朱者赤，近墨者黑，大概是这个缘故，1993年，在朋友的鼓动下，刘剑涛决定投身于钢铁贸易流通大军，从此成了一名“钢铁侠”。

1997 年，适逢中国铁路第一次大提速，铁路桥梁工程需要大量钢铁，刘剑涛果断抓住这次机遇，成立了洛阳剑桥钢铁有限公司（河南剑桥供应链管理有限公司前身）。条条大路通罗马，成功背后都有着相同的本质。一个公司的发展始终离不开优质的服务、理念的创新和优秀的人才，河南剑桥供应链管理有限公司正是这方面的典范。

要想走得快，就一个人走。要想走得远，那就一群人走。刘剑涛的团队意识一直特别强，他坚信拥有一支优秀的团队，就等于拥有了发展和竞争的核心优势。有个名人曾说，职工离职无外乎两点原因：一是钱给少了，二是心受委屈了。为了激励和留住核心人才，刘剑涛大胆采取让员工入股等股权激励机制，全面激发员工活力，使其与企业结成利益共同体，从而实现企业的长期目标。

用人不疑，充分放权。在与企业员工的谈话中，笔者了解到刘剑涛的管理风格。而所有那些从基层一步步走上来的管理者，也会在付出的同时，受到刘剑涛影响，做到以身作则，亲力亲为。刘剑涛认为，一个优秀的管理者不能光靠自己，更多的是靠一个优秀的团队。一个没有团队精神的人，即使个人工作干得再好也无济于事。在这个讲究合作的年代，真正优秀的员工不仅要有超人的能力、骄人的业绩，更应该具备团队精神，为团队整体业绩的提升做出贡献。

刘剑涛说：“个人的目标叫目标，团队的目标叫方向。优秀的团队一定会有明确的方向，这个方向一定是能帮助公司发展的，一定是能被团队每个成员认可的。有方向，团队才能指哪打哪，不会像没头苍蝇一样乱窜。”为此，刘剑涛在公司成立之初，就为整个团队制定了专业从事钢铁贸易的流通企业这个发展方向。优秀的团队一定是有着高效执行力的团队。狼性是最近几年频频提起的热词，狼性员工能成为企业的中流砥柱，狼性团队能使企业在商战厮杀中立于不败之地。刘剑涛很早就提出了“狼性团队”这个概念。

狼性团队是“贪”“残”“野”“暴”的团队。狼性团队要对工作、对事业有“贪性”，愿意永无止境的去拼搏，去探索；狼性团队要对工作中的困难有“残性”，毫不留情地逐个消灭，片甲不留；狼性团队还要有“野性”，渴望去市场拼杀，渴望开拓更大的事业，对于公司发展有不要命的拼搏精神；当狼性团队处于工作逆境中，他们的“暴性”便浮现出来，他们会粗暴地对待一切工作中的难关，绝不仁慈。

在团队建设中，刘剑涛常常要求员工要有博大的胸怀。所谓胸怀，可以是面对种种难关时的从容不迫，也是面对工作压力时的良好心态，还可以是对团队内部矛盾的妥善解决，以上种种，皆是因为这个团队“胸怀天下，事业为大”。所谓“成大事者不拘小节”，对于干大事的团队来说，除了公司发展，其他一切都不值一提。他们会把公司当作自己的事业，从员工思维转变为老板思维，不仅要做好目前的工作，还会放眼未来，为公司发展出谋划策，事实上，胸怀能决定团队的眼界，眼界能决定公司的未来。

一个不断学习的团队是最可怕的，因为他们会在敌人不知不觉中远远把对手甩在后面。刘剑涛说，优秀的团队一定是会学习的团队，也一定是爱学习的团队。在公司发展过程中，刘剑涛经常组织员工学习，让他们在工作中学习前辈的经验，让他们在同客户谈判的时候学习沟通技巧，让他们在身处困境的时候学习分析解决问题的方法。

更难能可贵的是，刘剑涛会充分利用闲暇时间，让员工学习一切能在工作中用到的知识。通过学习，让员工保持充盈的状态和清醒的头脑，以开阔的视野不断提升公司整体软实力。对于整个团队而言，无论风吹草动还是天昏地暗，始终要忠于公司。公司处于顶峰，他们会忠诚，因为这时候的忠诚会为他们带来财富和地位；公司处于低谷，他们还会忠诚，因为这时候的忠诚是他们的良心。

刘剑涛说：“一个优秀的团队是领导的心头肉，假如好不容易培养出的团队，却因为一点原因背叛，哪怕这团队能力再强，也无法成大事，因为没了底线。”事实证明，剑桥钢铁这支团队是忠诚的，无论是面对 1997

年经济危机还是2008年经济危机，始终众志成城、团结一心，始终在刘剑涛的带领下勇敢面对钢铁市场激烈的竞争，顺利渡过了一个又一个激流险滩。

因为专注，所以专业。价格低、服务优、管售后、口碑好！二十多年的坚守，刘剑涛及他的企业博得八方来贺。

在剑桥钢铁的办公区墙壁上，悬挂着大大小小的奖牌，这正是他们为客户量身打造的一对一、点对点服务模式的荣誉见证，让剑桥钢铁在行业处于困境时依然闯出了一片自己的天地。在这一点上，刘剑涛觉得公司所选择的方向是没有错的。

行情好的时候要多一分冷静，行情差的时候就得多一分坚持。“之前一些钢铁企业往往通过低价倾销的恶性竞争手段抢占市场，从而使整个供应链陷入价格波动，这种情况不会再发生了。现在我们是从被动服务转变为主动服务，是从实现自身利润最大化向实现客户价值最大化的转变，这是我们打造服务型钢铁企业的策略。”刘剑涛说。

刘剑涛认为，有没有发展目标和发展空间很重要，这决定着一个企业的市场潜力有多大。他经过对各个厂家细致的考察，挑出有核心竞争力的品牌厂家和有潜在发展空间的厂家进行合作代理。同时他还注重市场的需求，会根据市场需求及时调整经营战略，变被动为主动。

剑桥钢铁始终把终端市场作为生存发展的根本，抓项目、供钢材、做终端。刘剑涛特意选择了一批懂建设工程业务的人才，围绕重大和重点的建设工程项目，与其建立钢材的配套供应机制，以工程，拓终端；以终端，拓市场；以市场，求生存。在剑桥供应链管理有限公司的合作单位名录中，频频可见诸如郑州祥和电力、郑州铁路局信号材料厂等大型企业长年供货单位，还有河南省新华书店、建国饭店、大河锦江饭店、河南省人民医院住院部大楼、郑州大学新校址、郑东新区等大型建筑工程单位。

众所周知，医院、学校等这些工程事关百年大计，质量第一，不可儿戏。作为它们的供应商，必然是严之又严、慎之又慎，要经过“严刑拷打”般的仔细审核。那剑桥钢铁这样一个钢贸商怎么能和这样的单位“比翼双飞”呢？而且合作的时间更是长达数十年？答案就是“口碑”。一直以来，刘剑涛都以诚信为本，绝不会以次充好来欺骗客户。正是他的这种做事态度，使得许多客户特别放心，老客户更是占到了 60%，与刘剑涛的合作时间较长的客户已有十几个年头。

刘剑涛介绍，剑桥钢铁有很多新客户都是老客户介绍过来的，金杯银杯不如客户的口碑。同时，他举例说，一个老客户在顺利拿下郑州东区的材料供应项目后，第一时间想到了刘剑涛，希望他能参与其中。这个客户与刘剑涛相识近十年，早已把他当成了朋友，所以刘剑涛如果能参与这个项目，这位客户是非常放心的。

价格低、服务好、管售后、有口碑，这就是剑桥钢铁在客户心目中的形象。只要客户需要的钢材，不论什么类型，刘剑涛都能够帮助客户以优惠的价格、便捷的物流、优质的服务采购到，让客户真正体会到省时、省力、省钱的被“宠”的感觉。“除此之外，我们还要和钢企建立和谐友善的合作关系，争取最大优惠，稳固资源货物渠道，增加重点钢厂的订货量，和钢企一起拓展市场，建立新型的合作关系。”刘剑涛说。

人的一生，在浩瀚的历史长河中，犹如天上的流星一闪即逝。生命虽然短暂，但每个人都在演绎着自己的人生故事。

著名科学家爱因斯坦说：“人只有奉献于社会，才能找出那短暂而有奉献的生命意义。”多年来，刘剑涛始终秉承“感恩社会传承爱心”的为人之道，坚定信念，用钢铁般的意志持续创造价值，回馈社会各界。重视党建和团建，告别原始的竞争生存法则，让文化成为企业再度“拔节”的源动力，剑桥钢铁已经完成了企业品牌价值的塑造。

2015 年 10 月 10 日下午，在这秋风送爽丹桂飘香的日子里，刘剑涛带领剑桥供应链管理有限公司党支部组织单位党员、职工20多人，携手郑州城墙根融合茶馆，来到洛阳偃师市首阳山镇古城小学，将用爱心助学捐款所购的图书、文具、体音美教学器材送到了师生的手中。孩子们期盼已久的心愿终于实现，发出了热烈的掌声、欢呼声，灿烂的笑容如盛开的花朵荡漾在每个人的脸庞。

少先队员行着队礼，将鲜艳的红领巾系在刘剑涛胸前。他深情地说：“赠人玫瑰，手留余香，方便他人，快乐自己。我们现在生活条件好了，要富而思源，富而思进，殷切希望古城小学的同学们好好学习，健康成长，从小养成良好的品德，将来报效祖国，回报社会。”该校师生高度赞扬剑桥供应链管理有限公司党支部组织的捐资助学活动，称赞这是一项功在当代、利在千秋的伟大事业，是中华民族的传统美德，更是在社会主义市场经济条件下，经济运行与道德行为相结合的善举，有着积极而深远的意义。

血液是拯救伤病员生命的重要物质，至今仍无法人工制造，只能依靠人们用爱心提供。每当人们不计报酬地献出自己宝贵而有限的血液，去换取他人生命的延续或新生，我们的社会就又多了一份关爱。2016年11月17日，河南剑桥供应链管理有限公司党支部在刘剑涛的带领下开展“热血温暖寒冬，真情感恩生命”无偿献血活动，通过无偿献血的活动，让身体条件适合的同志们积极参与到社会医疗救助中，提高大家的社会责任感。

刘剑涛说：“倡导无偿献血是拯救生命的需要，是社会文明进步的体现。实行无偿献血，是社会文明进步的标志。多一个人参加无偿献血，就可以多挽救一个或多个垂危病人的生命。”汶川地震、青海玉树地震发生后，在公司内部，刘剑涛带头踊跃捐款。每当看到贫困山区儿童因困难上不起学，看到患病儿童无钱救治，他都会积极奉献爱心，他们还帮助辍学儿童走进课堂、帮助折翼天使重新飞上蓝天。

“为责任而生，为使命而活！”这仿佛是对刘剑涛最好的诠释。他说：“国家赋予我使命，剑桥人赋予我责任，我没有理由不把企业经营好，不把这个家打理好。”他认为，企业之所以能有现在的业绩，是源于神圣使命的驱动。无论遇到多大的困难，一想到这份神圣的使命，他就能让自己爆发从未有过的强大动力，始终支撑着自己迎难而上、奋勇前进。“奉献爱心、回报社会、回报人民”，这是刘剑涛一直用实际行动履行的人生信条。刘剑涛认为，一个合格的企业家必须肩负起企业和社会的双重责任，在合理合法地获得自身利益的同时积极回报社会，造福于民，把富民强国作为自己的终身追求。

鲜红的党旗映衬着发展的企业，发展的企业飘扬着鲜艳的党旗，更凝聚无坚不摧的强大力量，让员工有信仰，这样才有共同的希望。

党旗高扬，力量无穷。剑桥钢铁高擎“党旗”，比学赶超，激活一池春水。作为党支部书记，刘剑涛时刻不忘发挥党员先锋模范带头作用与党支部的战斗堡垒作用。每年国庆、七一建党节，刘剑涛都会组织党员开展不忘初心跟党走、重温红色岁月活动，带领党员到红色革命圣地接受红色洗礼、接受党的光辉历史和优良传统教育。

2017 年 6 月 28 日下午，为纪念党的 96 岁生日，缅怀老一辈革命家的丰功伟绩，刘剑涛主持召开第五届党支部党员大会，预备党员逐一汇报了作为入党积极分子在培养考察期间的整体情况，深刻阐述了学习党的理论知识、参与党支部活动的收获与感受。

刘剑涛谆谆教诲入党积极分子：“只有通过不断学习才能增强党性认识，只有做到首先从思想上入党才能更好地为党工作，只有做到理论联系实际并努力工作才能更好地发挥作用。任何时候都要坚定共产主义的理想与信念，不辱一个共产党员的使命，对得起共产党员这一光荣的称号，为实现党的崇高理想共产主义而奋斗。”

2017 年 6 月 29 日，刘剑涛带领党员踏着七一的脚步追寻红色足迹。他们先后来到山东聊城孔繁森同志纪念馆、济南战役纪念馆，缅怀革命先烈，接受红色革命传统教育，学习老一辈无产阶级革命家的英雄事迹，弘扬革命精神。回顾解放战争波澜壮阔的历史进程，感受了战争时期的艰苦环境，感悟到群众力量的重要性，更加深刻地体会到党只有深深地扎根于人民群众之中，才能不断地取得一个又一个伟大胜利。

在烈日下的英雄山烈士纪念塔前，党旗在风中飘扬，剑桥钢铁党支部全体党员、预备党员在炎炎烈日下庄严宣誓，重温入党誓词。他们坚定的目光直视前方，洪亮的入党宣誓词在山中回响，引来步履匆匆的路人驻足观看。参加活动的成员们纷纷表示，在以后的日子里将敢于克服困难和挫折，把坚定信念、勇于进取、不屈不挠的精神带到工作中，立足本职岗位，为实现公司又好又快地发展做出更大贡献。

2018 年 7 月 1 日上午，刘剑涛带领全体党员学习习总书记在纪念马克思 200 周年的重要讲话，并组织大家参观了中共洛阳组诞生地纪念馆、洛八办纪念馆，让所有党员学习了老革命前辈身上不畏艰难、迎难而上、坚持到底的抗战精神。

“下一步，我们将成立云南分公司，谋篇布局云南钢材市场。”谈起未来，刘剑涛踌躇满志。谈到筹划成立云南分公司的背景，刘剑涛介绍说，云南，是中国对外开放新阶段的主力军。近年来，依托中国——南亚博览会等合作平台，云南同世界的联系日益紧密。特别是随着“一带一路”建设的加速推进，云南作为孟中印缅经济走廊、中国——中南半岛经济走廊的交汇地带，以及澜沧江——湄公河合作机制的重要参与省份，区位优势更加明显。

岁月是一指流沙，苍老是一段年华。回眸过去，每一个寒来暑往印证了剑桥集团的恢宏发展。今日剑桥党旗招展，聚合为跨越发展的澎湃力量，与时俱进、勇立潮头，朝着更高远的目标阔步前行。

从『南下』到『西游』，他用拼搏渲染着岁月

——访郑州勇博商贸有限公司董事长　李勇帅

从挫折中重新崛起，李勇帅一直坚持一个信念：年轻是最大的资本。没有什么好怕的，只要自己不放弃，总有翻盘的机会。正是这份勇敢与坚持，让李勇帅在今后的日子里，勇克挫折，傲立船头，不断前行。

李勇帅，来自古城邯郸，人如其名，是一个勇敢拼搏的实干派。年仅而立已经在业界声名鹊起，他是郑州勇博商贸有限公司董事长，也是郑州市钢贸商会副会长。然而面对采访，他没有慷慨陈词激昂指点，也没有晒出成绩单，更没有渲染自己艰苦的奋斗史。只是用波澜不惊的语句答疑解惑，仿佛一切云淡风轻。如果不是亲眼见他在接受简短的采访时，也要频频中断听取员工的工作请示，就真以为一个企业老总的日常只是闲云逐月。

搏击风浪后，李勇帅成为一个勇敢的水手。从一个小木船到穿越惊涛的“战舰”，如今，他傲立船头，目光深远，带领“勇博”号驶向蔚蓝……

如今看上去俨然是佛系男人的李勇帅，少年时期的经历却无一点禅意。当年，李勇帅高中尚未读完，看着为家庭日渐劳累的父母，以及年幼的弟弟，自认为已经是“爷们”的他毅然决然放弃学业，随亲戚远赴石家庄打工，帮助父母分担养家的重任，并于2003年因缘际会来到郑州。

那时候，没有高中文凭的李勇帅，只能从钢材市场的普通销售做起。然而机会总是留给有准备的人，李勇帅在销售过程中认真研究总结，熟练掌握客户、供应商、产品等多方面知识，时刻关注行业发展大势，更凭借热情周到的服务，诚信专业的作风，积累下一定的资源。

2006年，李勇帅感觉时机成熟，自己成立了郑州勇博商贸有限公司。当时的李勇帅刚满23周岁，算是钢材市场里的“少壮派”。创业之后不是坦途，反而更加艰苦。首先是缺乏启动资金。当时李勇帅向爸妈“借”了10万元才勉强周转，这在当时是很大一笔钱，但是在钢铁贸易流通行业却是杯水车薪。李勇帅第一次发货的货款正好就是10万元，付完货款后，他连2000元的运费都没法儿结，只能跟物流公司商量，等客户收到货回款后再结运费。

其次是缺人手。刚开始还是光杆司令的李勇帅，凭着自己的一股闯劲亲自做业务跑渠道，一个人骑着自行车，在市场上挨个给客户递名片。说到这里，李勇帅满怀感激：“我当时很幸运，遇到一个愿意相信我的客户，直接付了2万元定金，货到就付全款。”就这样，在客户的帮衬下，勇博商贸借着钢市繁荣期的东风渐渐把业务做起来。

原以为一切已经步入正轨，以后只会越来越好。但天有不测风云。2007年，与勇博长期合作的一家公司因经营不善宣告破产，连带着李勇帅的十多万元货款都打了水漂。这对事业刚刚起色的李勇帅来说，简直是致命的打击。但李勇帅说：“做生意谁还能不跳几个坑？吃一堑长一智。再说了，还有那么多帮助我的客户，做人不能只看阴暗面，世上还是光明多，总是记着别人的不好，多累啊，又不能帮忙摆脱困境。”正是这份豁达，让李勇帅很快从挫折中重新崛起，“当时自己一直坚持一个信念——年轻是最大的资本。没有什么好怕的，只要自己不放弃，总有翻盘的机会。”

李勇帅的勇敢和坚持令人赞叹。在采访中，他提到对他性格形成影响至深的一个人，就是他的初中校长。校长是小儿麻痹症患者，但是他并没有自暴自弃，而是努力学习，成为当地第一个大学生，而且是清华大学毕业的。“校长大学毕业之后就回家办了所学校，当时他家也很穷，就用自己家的三间瓦房当校舍开始招生。当时我就决定要像校长一样，要有恒心有野心，敢想敢干。顶住压力克服困难，坚持下去才能成功。”

正是这份坚持与勇敢，让李勇帅在此后的日子里，勇克挫折，不断前行。那笔几乎令他功亏一篑的坏账，并没有压垮他，只是鞭策他在后来的工作中更加慎重。从产品、合同到销售的每个环节，他都严格把控，将风险控制到最小，避免了许多不必要的损失。他说："对一个企业来说，前进不难，难的是稳中求进，持续发展。在经济快速发展的今天，企业脚踏实地的精神显得尤为可贵，稳中求进才是企业生存的长久之计。"

犀利的思维穿越纷扰，如火的商场中寻觅安然，以不变应万变，让每一次决定如花般灿烂，只为收获秋天里丰硕沉淀的果实。

如今，全国钢铁贸易流通行业已经从繁荣期逐渐步入了微利时代。从大力发展工业开始，中国就一直是世界钢铁需求量大国。以往的钢贸商只要资金多、渠道多，基本都能轻轻松松发展壮大。然而随着互联网的高度普及，全国钢铁贸易行业信息透明度提高，以赚差价为主要盈利点的中间商倒下了一大批。

另外，国家宏观政策的调控，也为我国传统钢铁贸易流通企业的发展带来一定的变数。比方说去产能化、环保新规和行业资质管控等。李勇帅说："中国总的用钢量摆在那儿，产量不会降下来多少，但是国家出手砍掉了一些不合格的生产线，在整体上提高了钢铁的质量。为了赶上产量，技术也在以惊人的速度更新。这样一来，我们做钢贸的压力就很大，一方面产品成本必然提高，我们的资金运转压力也随之增大；另一方面我们必须时刻关注市场走势，掌握新技术、新产品，以免被市场淘汰。"

再比方说，国家对钢材行业在环保、运输等方面的高标准、严要求，同样为钢材企业增加了运营成本。但是面对这样高压的局面，李勇帅反而表现得挺开心，因为他觉得，这正是中国钢材在向精品发展的象征。他感慨地说："其实钢材行业跟汽车行业挺像的。都说中国没有自己的汽车品牌，后来有了比亚迪，有多少人敢买？还是要引进外国的品牌。钢材市场也是这样，因为技术跟不上，大多数人都不相信中国能造出好钢。我们原来只能从数量上取胜，现在我们向客户推荐精品钢的时候，终于能挺直腰板介绍国产钢了。"

然而，面对行业的重大变革，不是只有一个良好的心态就能撑过去的。李勇帅积极调整和改变经营思路，在坚持传统销售的同时，非常重视建立新渠道。早在2007年，勇博钢贸就建立起了自己的企业网站，并通过网站为公司招揽了很多客户。李勇帅说，曾有一个电梯制造商就是通过企业网站找到了勇博，并成功与其签订长期的订货合同。随着网络和电子商务的迅猛发展，李勇帅也在逐步加强网络宣传和销售的力度。

目前勇博钢贸有包括网销部在内的四个销售部门，经营多种优质产品，其中网销部的销售占比达20%～25%。虽然与其他行业相比，网销份额还不算大，但钢材毕竟是大宗商品，属于网络销售难度最高的一类产品，如此成绩，已经够让人惊叹。

此外，李勇帅也在积极优化、创新客户服务和客户类型。在他的引领下，现在勇博商贸主要服务于多行业的终端客户，并为客户提供“一站式”采购平台服务。客户只要列出所需钢材的使用场景，勇博就可以帮助客户以最低的价格、最便捷的物流、最优质的服务全面采购，让客户真正享受到省时、省力、省钱的优质服务。

而在管理方面，李勇帅研究了国家针对钢铁行业的政策之后，把以往的粗放式管理变为精细化管理，迎合国家的全方位要求。“公司是你的公司，但不应该是你的一言堂。一个人的精力毕竟有限，难保什么时候就出了纰漏，不能因为一个人的失误害得员工失去收入、客户失去项目，更有甚者，会使建筑不安全进而危害社会，这是对员工、对客户、对社会的不负责。”

因此，李勇帅在总部和四个销售部门之间建立完善的监督机制，确保能高质量地服务好客户。他认为：“钢材跟别的产品不同，产品品类都差不多，企业之间比拼的就是市场敏感度以及服务质量。”通过在渠道、运营、管理等方面的一系列创新，李勇帅在钢铁贸易行业困难重重的大环境下，始终带领勇博商贸走在行业前端。

当爱如潮水涌出的时候，勇博商贸用爱惠泽全体员工及家人，这不再只是一个年轻勇猛的企业团队，而是一个青春且斗志昂扬的商场“战队”。

如今，李勇帅与勇博商贸都在朝着好的方向不断发展，李勇帅仍旧未忘初心。他说：“做人要懂得感恩。我困难的时候，是我的客户和员工帮助我走出困境。现在我有余力了，当然要承担起更多责任，回报客户、回报员工、回报社会。”

多年来，他坚持多劳多得与人性化关怀。“员工死心塌地跟你干，你要让员工得益。要尊重员工，不能像旧社会使唤长工一样，要有社会责任感，实实在在地照顾好每个员工。增加员工的归属感，让员工减少后顾之忧，他们才能更好地投入工作。”李勇帅是这么说的，也是这么做的。

勇博商贸总部和四个销售部门均单独考核，根据不同产品的利润率、业务模式和员工贡献度，制定有针对性的提成模式，确保每个员工享受到公平公正的待遇。此外，勇博商贸的员工每年均享受至少一次集体旅游，享受国家规定的五险一金、法定假期和周日不加班制度。李勇帅说：“周日就应该什么工作上的电话都不接，好好休息、好好陪家人，生活不应该被工作占满。”这样的勇博，让很多员工当成家一样看待，这也是勇博商贸能取得骄人成绩的一个重要原因。

客户方面，李勇帅坚持以诚信为本。提到诚信，李勇帅感慨颇深：“诚信真的很重要。尤其是我们这个行业，一次失信，可能就永远失去了一批客户。为什么说是一批客户而不是一个？因为我们的客户都是老朋友介绍新朋友，口口相传而来。虽然有的朋友不会计较你的偶尔一次不守信，比如你找朋友借钱，说好的8日还最后拖到10日才还，可能你的朋友觉得你只要还钱了就是守信，下次你再借钱，还会借给你。但是次数多了，再好的朋友也会觉得你这个人不靠谱，合作还会有，但遇到大项目要找靠谱的人的时候，就会下意识排除你。”

关于回报社会，李勇帅说得不多，却发人深省。“我们做慈善是要回报社会，不是让社会回报你的。但是你做了好事，总有人看得见，总会有人记得你。这就是赠人玫瑰手有余香。比如汶川大地震的时候，咱们省一个地产公司，第一个出面捐了 100 万元，引起了政府领导的重视，民众对这个企业的观感也大幅度提升，后来政府的一些公益项目就都给他们做了。”但是“有余香”跟那些把回报社会当“香水”美化自己的行为有本质的区别，即使掩饰得再好，终究逃不过岁月的筛子。

“勇博商贸现在还不够好，不敢像大咖们那样动辄几百上千万元拿去做慈善、做公益。我们只能先从照顾好员工开始，然后带着员工帮助身边需要帮助的人。等企业再大一点，社会影响力再大一点，我们就可以为社会做更多的事情。”李勇帅说，只要不忘初心，就能在成功的路上越走越远。

20年的步履，他让自己成为追梦人

——访河南省中翔物资贸易有限公司董事长 杨庆伟

开拓创新，锐意进取。在钢贸业叱咤风云二十余年，挥洒豪情，谱写历史，留下无数客户赞誉。杨庆伟凭借优秀的经商之道和企业文化，沿着昨天的光辉足迹，迎着新生朝阳，步履坚定，英姿飒爽地向我们走来。

“天地之中、大河之南、九州腹地、十省通衢”——河南，这片沃野千里、史丰人旺的古老大地，是中华民族文明的重要发祥地。翻开厚重的中国史册，群雄逐鹿的故事在这里一次次上演，兴亡更替的变革在这里一次次发生。物产丰裕、人丁兴旺的河南，总能人尽其才、地尽其利、物尽其用、货畅其流。无数优秀人才为河南这片土地奉献着无穷的能量、创造着无尽的价值。

在这片长期流光溢彩的东方圣土上，在工业时代钢铁洪流的深处，无数有抱负的河南人投身实业、下海经商，实现个人梦想抱负。

1997 年，是一个特殊的年份，这一年“香港回归祖国怀抱”“改革开放总设计师邓小平同志逝世”“十五大开幕”“三峡治水工程截流成功”“亚洲金融危机爆发”……在黄河中下游南岸郑州市，一位土生土长的河南人，怀揣一腔热血，携同几位志同道合的朋友，创办了一家名为中翔物资贸易有限公司的企业，立志要以钢材实业让古老的中原大地焕发崭新的工业活力，让河南的本土企业在国内为河南争光，进而在世界上为祖国争光。

二十三年后的今日，这一志向在中翔物资贸易有限公司创始人、董事长杨庆伟的心中仍然丝毫没有改变——永远爱祖国，祖国排第一；和中翔价值观相同的员工们排第二，其他任何事情都排在后面。杨庆伟经常叮嘱每一位中翔同人：让我们的诚信和品质在世界叫响！这也是中翔努力实现的企业愿景。

杨庆伟，郑州大学管理学硕士、西北大学在读博士生，年轻时曾拥有任职于中煤的经历，如今也是一位拥有近三十年行业经验的“老钢铁”了。杨庆伟亲身经历过钢材贸易从计划经济到市场经济的变迁，也全程参与并见证了二十三年来，中翔这只雄鹰从20世纪创立诞生之初的嗷嗷待哺，到如今展翅翱翔，扶摇直上九万里的波澜壮阔成长之路。就如人生有苦有甜一样，杨庆伟作为中翔的家长、当家人，这一路上也是始终交织着辛酸与幸福，不断为行业的发展忧心劳力，为中翔的进步欣慰喜悦……

杨庆伟和中翔其他几位董事都有一个共同的日常爱好，那便是读书。每次见到杨先生，总能看到他的包里装着一本书，闲暇之余就拿出来看上一会，这个习惯持续了二十多年。就如马克思所言，“任何时候我也不会满足，越是多读书，就越是深刻地感到自己知识贫乏”。书籍不仅能令人有知明智，也能净化人和物的灵魂。正是归功于杨庆伟多年的书卷熏陶，中翔钢铁也拥有一股别样的书香之气，杨庆伟制定的用人选拔标准是“德高于才，人格第一、勇气第二、能力第三”，并倡导全体员工用激情和热爱来点燃工作的火把。

回首过去，往事历历在目，杨庆伟创造出的最宝贵财富便是优秀的企业文化和价值观。无论在工作上还是生活中，无论做人或做事，均时刻牢记并秉承着中国的传统思想——“仁义礼智信、温良恭俭让”，并把这种踏实而深刻的价值观注入中翔的企业文化血液中——“诚信、感恩、珍惜、利他、谦虚谨慎、戒骄戒躁”是集团常年雷打不动的十六字理念方针；“我们不是中翔员工，而是客户采购员”更是全体中翔人对待客户的行为准则。

千淘万漉虽辛苦，吹尽狂沙始到金。这里是梦开始的地方，保持二十多年的商业往来，不仅是一种情谊，更是一种缘分。

和大多数成功的企业相似，杨庆伟也经历了“创业起步、稳步成长、跨越发展”几个关键阶段。1997年公司刚成立时，上下加起来只有不到

10个人，虽然人少，但大家依然每天严格要求自己，干劲十足，按时上下班，当日事当日毕，从不拖到第二天。对待每一位到访客户都本着诚恳、诚信的态度，坚持互利、共赢的理念。

杨庆伟认为，吃小亏是福，对客户和合作伙伴做到了常让利，往往能赚10元的只赚8元，点到为止、知足常乐、中庸即可。虽然当时中翔的实力不足称道，办公环境也不上档次，但凭着那一批元老们为人处世和待人接物的秉性，赢得了很多客户的认可，其中有不少人直到今天还是合作伙伴。保持二十多年的商业往来，不仅是一种缘分，更是一种情谊。

经过创始人团队常年如一日的不懈拼搏，中翔钢铁不断取得发展与突破，在这个过程中也有越来越多的新人加入中翔大家庭。“幸福员工、成就客户、引领产业”也是杨庆伟的一项文化理念。大家在一起共事，有着相同的追求和相似的价值观，只有职位的不同，而没有人格和地位的高低之分。每一位中翔人，都把工作当成了事业，团结在一起，精诚合作，也都有着主人翁精神，努力把中翔钢铁这个大家庭发展得欣欣向荣。

如今，中翔物资贸易有限公司已成为中原地区年销售额近20亿元的一家大型多元化钢企，旗下涵盖矿山支护、钢轨及铁路配件、钢板加工、电子商务、进出口贸易、物流运输等成熟的业务体系。在成长壮大的过程中，中翔还赢得全国百强钢材营销企业、河南钢铁贸易50强企业、河南省钢铁贸易商会副会长等荣誉称号。

中翔物资贸易有限公司这个大家庭一路稳健前行，取得了瞩目成就，实现了企业自身的价值，并为祖国钢铁事业的发展和社会的进步做出了不可磨灭的贡献，同时在吸收当地就业、增加税收、带动地方经济发展方面，中翔也积极奉献出了能量。在杨庆伟看来，这都是客户的支持才成就了中翔的今天，中翔人会永远铭记每一位客户的恩情。

前路越是布满荆棘，越要埋头苦行，不忘初心，继承昨日之露，绽放明日之光，我们要在中国钢铁事业画卷上留下浓墨重彩的一笔。

历史的车轮滚滚向前，发展是人类社会永恒的主题。这个客观的道理，中翔钢铁多年来始终铭记于心，在保持初心的同时，也要做到与时俱进。作为行业转型的发展方向，“互联网＋钢材”正在引发一场钢贸领域的革命。杨庆伟多年前便积极响应国家“互联网＋”的政策号召，在2014年由董事会主导开启了电商事业，希望依托新时代的“云计算、智能设备、大数据精算”等新兴技术赋能钢材实体加工产业，为集团业务水平和服务品质再提升一个新的台阶，为祖国的信息化发展尽一份应尽之力。

近年来，中翔正在大力发展国际贸易，在国际市场的开发上不断加大投入力度，通过跨境电子商务平台，将产品远销全球近200个国家和地区，在全球构筑起多元化发展的市场格局。杨庆伟认为，秉着“立足全球、放眼世界”的宏远志向，以包容开放的心态，中翔正在力争成为具有国际竞争力的中国企业，助力实现伟大的中国梦。

企业的发展靠什么？尤其是实体制造加工行业，又需要什么样的精神？在今天这个市场极其丰富、商业竞争百舸争流的时代，企业取得了一些成绩后，是我行我素、放任自流？还是恪尽职守、精益求精？中翔物资贸易有限公司以斩钉截铁般的态度毅然选择后者——恪守工匠精神，脚踏实地、稳健前行。

《荀子》有言：“良农不为水旱不耕，良贾不为折阅不市，士君子不为贫穷怠乎道。”一个立志于做大做久的优秀企业，首先要达到“任凭风吹浪打，我自闲庭信步”的境界，埋头苦练内功，以过硬的产品质量和完善的服务水平提升自身价值，服务好广大选择并信赖自己的客户。在这个阶段后，要更深入一层，做到“侠之大者，为国为民”的境界，不光要保证现有产品的质量与效益，还要做到“为未来着想、为行业着想、为科技着想、为社会着想、为国家着想”。

杨庆伟历经多年的拼搏奋进，如今练就了一身扎实的内功，在不断完善自身发展的同时，力求做一个有担当、有温度、有情感的企业家。“达则兼济天下”，回馈社会、造福人民是中华民族的传统美德。杨庆伟常年安排公司开展帮扶孤寡老人、捐资助学、扶贫救灾等公益活动，为国家和社会的进步添砖加瓦、奉献爱心。

在历史的滚滚洪流中，中翔钢铁也许只是一片小小的浪花，然则力虽绵薄、心却炽热，怕的不是力微言轻，而是袖手旁观。历史上多少细微的力量，拧成一股绳，才能化为不屈不挠的精神。杨庆伟认为，二十五年钢贸路上的砥砺前行，中翔这枚曾经的星星之火，如今也越烧越旺，相信在未来也定能绽放出更耀眼的光芒，点燃自己，照亮他人。

另觅佳境，超越钢铁的花样年华

——访河南超越钢铁有限公司董事长　杨国军

杨国军，厚积薄发、处乱不惊，在钢铁行业摸爬滚打二十多年，深谙人生哲学，无为而治、任人唯贤。他身边凝聚了一群忠心耿耿的追随者，公司从成立初期的几人发展成今天三十余人的经营团队，企业凝聚力在郑州钢材市场有口皆碑，杨国军和他的团队进入了“超越钢铁”的佳境……

他审时度势、稳健经营，始终为郑州建筑钢材市场走向诚信经营之路传播着正能量；他独具远见，超越世俗，从不贪婪钢材的高额利润，不求尽如人意，但求无愧于心；他厚积薄发、处乱不惊，在钢铁行业摸爬滚打二十多年，深谙人生哲学，无为而治、任人唯贤。他身边凝聚了一群忠心耿耿的追随者，企业凝聚力在郑州钢材市场有口皆碑……他就是河南超越钢铁有限公司董事长杨国军。让我们走近杨国军，感受他在中原钢铁经济大潮中那份博大的胸怀和处乱不惊的持重。

居安思危，体制内工作 6 年后，杨国军义无反顾地放下“铁饭碗”。他从新密到郑州，为青春插上腾飞的翅膀，凭借自己的汗水折射七彩阳光……

“天道酬勤，厚德载物。天道酬勤，意在勤，厚德载物，重在德。”在古往今来的创业大潮中，能白手起家创业成功，并持之以恒将事业做大做强的毕竟只占创业者中的极少数，大浪淘沙会直接淘汰掉多数的创业者，留下的自然是把握住了机遇，和那些付出了足够准备与努力的人，他们才是时代的弄潮儿。杨国军就是其中一位，他凭借自己的勤奋和诚信一步一个脚印走到今天。

杨国军于 1969 年出生在新密市。1990 年高中毕业后，来到新密物资局上班，拥有了让同龄人羡慕的“铁饭碗”。他十分珍惜机会，每天努力工作，用勤奋得到领导的不断肯定。1991 年 3 月，杨国军以优良的工作作风和突出的工作能力被任命为新密物资局供销处主任。在杨国军的带领下，他所负责的两个门市销售业绩在物资系统表现突出。同年底，其所在部门荣获“物资系统优秀集体”称号，杨国军本人则荣获“优秀个人”称号。

渐渐地，杨国军厌倦了不温不火的日子，原有岗位已无法满足自己的发展，于是他毅然辞去工作，果断“下海”。1996 年，他和妻子拿出 7000 元积蓄，凭借着自己在物资局五年的工作经验，在新密市开始做起了钢材零售生意。

杨国军从不轻易服输。在新密做个体零售时，每天都总结销售心得，做好第二天的销售策略，迎头赶上。随着时间的推移，他的知名度慢慢扩大，生意越来越红火，杨国军逐渐成为新密钢材批发零售圈的领军者。

2007 年对杨国军来说是具有转折意义的一年。这一年，他应朋友之邀来郑州，拿着做生意赚得的 200 多万元，开始进军郑州钢铁贸易流通市场。当年 6 月钢材落了一次价后，8 月他就开始转做建筑工地市场，河南超越钢铁有限公司由此迈开了从零售模式转向批发模式的步伐。

然而所有成功都不是一帆风顺的，2008 年全球经济危机爆发，郑州钢铁贸易市场也受到一定波及。经济危机中，我国钢材贸易市场跌声一片，圈儿里流行一句话：“只要活下来就可以。”面对并不景气的市场，杨国军时刻关注市场行情与前行方向，分析建筑钢材发展态势，及时调整公司战略方案，减小投资，时刻规避风险、防患未然，这才使得超越钢铁不仅活着，而且活得很好。

多年后谈及此事，杨国军仍然颇为感慨：“经历了钢铁下跌潮，很多公司都倒闭了。好在我们公司当时的规模不大，受到的影响相对小一些，挺过来了。”当被问及成功经验时，杨国军谦虚地说：“经验谈不上，我就是想坚持下来。最担心的是，当春天到了，你的公司不在了。”当行情持续下跌时，我们只有不断地历练自己的内心，调低心理预期，让内心变得坚强而平静，以稳定的心理泰然处之，才能坚持到最后。

经过经济危机的洗礼，杨国军变得更加坚定而谨慎。近几年，我国钢铁贸易市场环境愈发残酷，但在杨国军的带领下，超越钢铁不等不靠、不减员、不减薪，积极践行国家“去产能、去库存、去杠杆”的调整政策，开创出了一片新天地。公司也从成立初期的几人发展成今天三十余人的专业经营团队，并成为安钢、济钢、邯钢等钢厂的代理经销商。

相貌憨厚，为人诚实，在很多精明人的眼睛里，他有点“傻”，可“傻人有傻福”的说法印证了如今的超越钢铁，成功和收获是杨国军对“傻”字的最好诠释。

商海驰骋，很多企业丧失道德底线，为追逐利益不择手段。而杨国军即使在困难时期，也坚持“所有建立在损害他人利益上的业绩，我们不能要!”“不求尽如人意，但求无愧于心。”这句话是杨国军的座右铭，更是他始终坚守的初心。

在超越钢铁的企业文化里，“诚信”被列在核心价值理念的首要位置。杨国军认为，与赚钱相比，对上游货源公司履行承诺，不少汇、漏汇款项；为客户拿出货真价实的产品、提供深层次的服务，实现双赢，才是最重要的。

杨国军要求员工在货品售出后，要及时对客户进行回访。如果客户反映了问题，一定要第一时间解决。虽然身为“当家人”，一旦有老客户反映问题，杨国军还是会主动去客户的公司或者家里了解情况，解决问题。

超越钢铁的员工说，杨国军对诚信的坚持到了近乎偏执的地步。曾经有客户购买某钢厂的产品后要求退货，退货时的价格比购买时回落了100元/吨。因为并非质量问题，业务负责人拒绝退货。这时杨国军站出来，主动提出愿意与对方共同承担风险，最终承担了大部分损失。他要求员工必须遵循“要做事，先做人”的理念，养成良好的职业习惯，“宁愿吃亏交一个朋友，也不要贪图私利而得罪任何人”。

超越钢铁各个品种的定价模式，就是“拿货价 + 合理的利润”。“我们从不在行情大涨时囤货居奇，也不会在行情持续下跌时停业休息。”杨国军骄傲地说：“超越钢铁销售的钢材均保证货真价实，赚钱要赚得心安理得，这是我经商的第一法则。”

稳健经营的理念也体现在超越钢铁的各个岗位和流程中。“当下，我只要跑赢郑州市场上与我同时起步的同行就好。任何事物都在变化当中，只要你能坚持下来，总会有机会。2007 年刚到郑州来创业时，我们把该赚的部分利润让给了客户，每吨钢材只赚 5 元；相比让出去的利润，我们赢得了市场和客户的青睐。”杨国军坦言道。

2012 年上半年国家工业和信息化部、住房和城乡建设部提出计划淘汰 HPB235 线材，增加 HPB300 高线在建筑中的推广应用。杨国军立即响应政府号召，他要求超越钢铁上下齐心，大力推广新的 HPB300 产品，不惜为此付出代价。2012 年 7 月 20 日到当月 31 日，HPB300 线材的价格一周内下跌到 180 元/吨，但只要客户有需求，我们也照常出货。公司利益虽然受到了很大的损失，但收获了很多新客户，这样为此后的长足发展打下了良好的基础。同年底，超越钢铁建筑钢材的销售量突破 18 万吨。

在外人看来，杨国军的这些做法有些“傻”，带不来什么效益。但他自己却说：“我得到的远比失去的更多。”事实证明，杨国军的坚持是正确的。现在，从公司员工到合作伙伴，每提到杨国军的人品都赞不绝口，和他打过交道的客户都知道他为人耿直，宁愿自己吃亏，也不能亏待别人。当初退货的商家，也成了超越钢铁的忠实客户，中铁七局、中铁十四局、中铁十八局、中建十六局都成了他的合作伙伴。

> 先做人，后做事，市场的竞争最终是人的竞争。敢于放权，用爱相守，以情相暖。一个好大哥，一个好老板，超越钢铁的战队始终同心共进。

世间万事万物，“人”始终放在第一位，人才是企业的未来，决定企业的前途。被誉为“领导力第一大师”的哈佛商学院教授约翰·科特曾说过："管理者试图控制事物，甚至控制人，但领导者却努力解放人与能量。"这与杨国军"无为而治"的理念不谋而合。

在公司治理方面，杨国军以身作则，他坚信身任远远重于言传。正当同行朋友们去澳大利亚、美国、俄罗斯旅游放松时，杨国军却守着自己的大本营，依然坚持按照二十多年的作息时间表规律运转。他每天7点起床，洗漱时就在脑海里安排当天的工作，然后送孩子上学。8点准时到公司查看自己的仓库库存及当天到货情况。

杨国军几乎没有休息日，"责任和竞争让我停不下来，更促使我奋力前行。"杨国军说。他每天上午都会抽出30分钟时间浏览行业门户网站，关注全国钢铁贸易流通业微信交流群和公众号信息平台，以便第一时间掌控商机，驾驭风险。

严以律己，宽以待人。"你是什么样子，你的公司、你的团队就会是什么样子。"杨国军坚定地表示，在超越钢铁，不管你是普通工人或销售经理，大家都是兄弟姐妹，当一家人看待，不分尊卑，一视同仁。超越钢铁公司考察员工的首要条件就是敬业诚信，其次才是专业水准。在经营管理中，杨国军要求全体人员必须遵循"要做事、先做人"的理念，养成良好的职业习惯，成就大家的一番事业。

在超越钢铁，公司只为两个销售部门定团队销售任务指标，不定员工个人指标。其核心思想是：让中层管理者和员工都以公司利益为重，不追求利润最大化。两个销售经理在保证以公司利益为重的前提下，都有权限向钢厂直接下订单订货，也可以根据客户需求自己制定钢材的销售价格。

"你得允许员工犯错。不论是中层管理还是普通员工，只有在持续不断的独立研判行情价格的实战中，才能得到充分的历练和成长。我给团队留有试错的机会和范围，也会提前规避较大的风险，如哪天我预测到行情要大跌时，我就会提前将现金抽走，面临比较大的风险，我会提前解决掉，做到未雨绸缪。"他总是尽可能把矛盾和问题解决在萌芽状态。

在新密做零售时，就杨国军和妻子两个人。现在公司有三十多名员工，企业做大了怎么管理？“业绩上我主要是通过两个团队的绩效指标管理销售团队。如果哪一天的库存量没有变化，我就会找销售经理，提醒销售经理哪个客户这几天没有来提货，要给客户打电话问问为什么。”杨国军说。

在杨国军看来，吸引人才，留住人才，发展人才是十分重要的。注重员工培训，通过不断学习和培训逐步改变员工的知识结构，这是超越钢铁对待人才的一贯宗旨。经过公司内部综合培训、单项技能培训后，超越钢铁的每个员工几乎都是具有两项技能以上的复合型人才。如航吊车工，既能安全稳健地操作，又能看得明白产品进出库表；销售人员既能帮助团队按时达成销售目标，又能做好客户的售后服务和质量问题追踪等。

杨国军平时很喜欢与员工坐在一起聊天、谈心，这样可以全面了解员工生活和工作上遇到的困难，并及时帮他们解决。员工的生活顺了，心情愉悦了，工作才会更加用心，公司才能获得更大的发展。由于他知识面广，随和亲切，考虑问题又比较全面，所以大家都爱和他聊天。用他的话说，我只要有时间，都愿意和员工在一起，把他们当自家兄弟姐妹对待。这样有亲和力的老板，在这种氛围下工作，员工又有谁愿意离开呢？

“好多职业经理人，由于老板对他们过多干预，反而做不出成绩。”杨国军说，在制定好公司的战略规划及布局后，他更倾向于通过股份制、分红来激励、凝聚员工，让员工可以在自发的热情与干劲中，积极主动地为企业创造业绩、提升核心竞争力，达到“以无为求有为”的境界。

“我完全放权，由业务经理决定每天定什么价格。”在杨国军眼里，目前超越钢铁有现货部和工程部，部门经理都能够独当一面。杨国军从不给大家定硬性指标，每个部门在年初为自己定下总体任务目标，然后再由业务经理为自己定年度销售计划，并做到每周、每月落实进度。

“人权”也是杨国军反复提及的一个词语，他非常尊重员工，与市场上大多数的钢贸商不同，他提倡人性化管理。他经常给员工安排假期，鼓励他们放松身心；每逢节日或者员工的生日，他都会出资让员工庆祝；如果忙起来需要上夜班，他还会为员工提供夜宵；他鼓励业务经理与员工多聊天，及时帮助员工打开心结，舒缓他们的情绪……

杨国军的这种管理方法，让大家感受到了极大的关怀。在这种氛围下一同成长、努力，在终端市场需求持续低迷的行情下，他们依然实现了年销售36万吨钢材的目标。坦然为人，从不亏欠，行于天地，无愧本心。杨国军淡泊轻松的人生态度，让超越钢铁多年来平稳经营，良性循环。无论是客户的认可、员工的拥戴，还是事业的成功，都是上天给予他最适宜的回报。

畅想未来，杨国军很有信心。“在瞬息万变的移动互联网时代，几乎所有企业都或多或少谈论着战略方向的转型，钢铁行业如果故步自封，可能就会被时代淘汰。”他透露说，除了日常的现货交易，他们还与建筑电商“亿建联”达成合作，未来可能会通过“亿建联”（一家建材电商平台）参与到更多的工程项目中去。

“钢贸这条路我会一直走下去，我坚信超越钢铁会越走越稳。”从与杨国军的对话中，可以真切地感受到一位企业决策者对未来的信心和其运筹帷幄的战略气魄。多姿多彩的历史，璀璨辉煌的现在，必将预示着超越钢铁有一个更加卓越的未来。超越钢铁二十多年的发展之路，与其说是杨国军坚持不懈的奋斗之旅，不如说是他人品和信誉的结晶。天道酬勤，厚德载物。相信未来超越钢铁定在中原大地走上更加闪亮的发展之路。

一分之差，落榜后鏖战商海，演绎铁娘子传奇

——访郑州市宏程金属材料有限公司总经理　赵合叶

作为河南省郑州市钢贸商会副会长，面对钢铁行业的兴衰更替风云变幻，在泥沙俱下充满竞争甚至欺诈的滚滚商潮中，她不忘初心，坚守底线，如一片清荷，亭亭净植，香远益清，成为郑州钢铁行业鼎鼎有名的巾帼女杰，带领着她的宏程公司在充满曲折甚至遍布险滩的钢贸行业满怀希望，砥砺前行。

当初春的蓓蕾绽放第一抹殷红，新时代女性悄然演绎着催人奋进的感动。往昔贫苦农村的灰姑娘、如今鏖战商海的铁娘子。她用行动证明，女人不再是世界的点缀，巾帼不让须眉，臂膀同样坚挺。她就是郑州市宏程金属材料有限公司总经理赵合叶。

贫苦家庭出身的女孩，11 年的寒窗苦读，却因一分之差，没能顺利推开通往梦想的大门。一生当中，每年的七月，记忆都是灰色的……

“天将降大任于斯人也，必先苦其心志，劳其筋骨，饿其体肤，空乏其身……”每个成功者的背后，都有一段坎坷的道路。赵合叶出生在一个普通的穷苦家庭，她姊妹三个，上边有两个姐姐，因为家庭条件实在太差供不起三个学生，父母只让她读书。

“我最难忘的就是父亲的赏识教育。”赵合叶讲起了小学记忆最深刻的一件事。当时，赵合叶 10 岁才上小学，因为接受能力不强，学习成绩不理想，课后老师布置的作业不会做，翻开作业本大部分都是“×”号，她当时气得把书包一扔，不想上学了。她父亲却翻开作业本和蔼地说：“你不是还有一个‘√’号吗?”

看着她破涕为笑，父亲在她作业本上画了一个十字，让她第一天把十字方块内第一块区域变成“√”号、第二天把第二块区域变成“√”……在父亲的鼓励下，赵合叶重新鼓起勇气认真听讲，到第一学期期末考试时，她竟然考了全班第二名！

因为家庭困难，她的学费都是父母省吃俭用一分钱一分钱攒出来的。上高中时，每到礼拜六放学，想起一个星期没有回家，想起站在村口守望自己的年迈老父亲，她都会去食堂买两个白面蒸馍，然后步行12里路，给父亲带回去。而每周末给父亲买白面馍的饭票，却是赵合叶每顿不喝稀饭，只喝蒸馍水省下来的。

一路上，自己的肚子咕噜噜地叫，她时不时地把白面馍拿出来闻闻，然后再放回书包里。在赵合叶看来，那种白面馍的香味始终在鼻尖游走，是今生最好的味道，令人刻骨铭心。赵合叶非常懂事，学习成绩一直很好，从小学到高中，始终稳居班级前三名。但命运常常作弄人。1981年那个黑色七月，赵合叶参加高考，仅仅因一分之差名落孙山，与梦想中的大学失之交臂。

十年寒窗，换来的却是梦想的跳崖。赵合叶擦干眼泪，决心重整旗鼓。她不甘心面朝黄土背朝天的生活，先从养殖开始，于是借钱买了14只小羊羔。日出而作，日落而息，每天割草喂羊，因为在她心里，那些羊是她的全部希望。由于缺少经验，加上牲畜本来就不好散养，辛苦养殖的羊羔并没有给她的生活带来明显的改观。随后赵合叶又投资养猪，但因为经验不足等原因也失败了。为了梦想，赵合叶比同龄人过早地尝到了生活的艰辛。

多年来，父亲有慢性气管炎，听说青霉素疗效比较好，有助于病情的治疗，赵合叶一个在药房工作的亲戚便免费送给她100多瓶青霉素。药拿回来了，但每天都要拿着药物找村里面的医生帮忙打针，这也是一件比较麻烦的事情。

为了减少麻烦别人，也因手头拮据，一心为父亲治病的赵合叶萌生了自己动手的想法。赵合叶找了一本书，向乡村医生要了注射器，通过翻书学习具体的扎针部位，然后在萝卜上练习扎针。

两天后，赵合叶觉得有把握后，她决定自己试着给父亲打针。第一次打针，肯定要把位置定好。她用铅笔在父亲的屁股右上角画好打针的四分之一位置后，把注射器在锅里蒸了 40 分钟进行消毒，然后学着医生的样子，紧张地开始给父亲打针。

“不好！怎么会一直流血呢?”当拔出注射器许久，按压过的针孔处仍然不停地冒血。赵合叶慌张了，父亲紧咬着牙，额头不停有大颗汗珠涌出。看着手忙脚乱、神情慌张的女儿，父亲安慰着说，“没事儿”，并勉强挤出一丝宽慰的笑容……

慌乱的赵合叶赶紧跑去询问乡村医生。医生听说此事后，被赵合叶的孝心深深感动。他说，原本以为赵合叶只是好奇要个注射器呲水玩，就随手给了一个 12 号的针头。“傻孩子，人体平常的注射针头是 4 号的。”医生对这个极具孝心的孩子赞叹不已。

回到家，她用热毛巾给父亲不停地热敷，却仍然心有余悸。

青春是美好的，不只可以飞扬，更能印证汗水。十年的坚守后，郑州钢材市场，迎来一位相貌俊俏、颇有文化的女老板。从此，人们记住了一个叫“宏程”的公司。

每一个优秀的人，都有一段沉默的时光。那一段时光，是付出了很多努力，不抱怨不诉苦，日后说起时，都是一段段连自己都能被感动的故事。“我已踏入社会，不能靠父母养活。”赵合叶说。回想起落榜后创业的那段日子，她咬牙坚持着，每天带着满身的疲惫扎到床上，但是等到第二天起床时，心里却充满了希望，觉得昨天所有的辛苦都是向梦想一步一步地靠近。在充分考察市场后，她在中牟县城区投资的“民政饭店”正式开张。赵合叶虽然当上了小老板，但起早贪黑赶集买菜样样亲为，还有请客讨债等无法诉说的委屈烦恼，她体会到了挣钱的不易，好在“心中有美好的憧憬”，虽然累，但是很充实。

解决了吃饭问题，又稍有积蓄，赵合叶的目光越过中牟，开始寻找人生的第二个目标。赵合叶走出中牟，转战省会郑州。省会人潮涌动的景象触动着赵合叶的思维。她认为，不管什么生意，人多的地方才有更广阔的市场。

1991 年，赵合叶选择到郑州创业。由于开饭店经常接触食品的缘故，她决定开一家食品店，用现在的话说，应该叫“产业链延伸”。没想到，这一干就是十年。十年中，她体会到了起早贪黑和披星戴月的滋味，虽然辛苦，但日子过得颇为富足。在赵合叶的印象中，提起来仍然动情的是自己在郑州创业时，两个孩子的懂事让她至今难忘。由于两个孩子年龄只相差一岁，都在五里堡小学上学，学校隔着航海路，距离当时的家约有两公里路程。因忙于生计，两个孩子无人接送。而哥哥却十分懂事，经常像个小大人一样照顾弟弟。

一次放学后，弟弟不小心崴脚了。七岁的哥哥背着六岁的弟弟，弟弟背着书包，哥哥一步三晃，小脸憋得通红，满头大汗、步履踉跄地走进家门。忙完生意，到家后，赵合叶没有等到孩子们很高兴地打开家门，顿时心生疑惑。推开家门，她看到哥哥正在给弟弟泡脚。她慌了：从学校到家，又隔着车流众多的航海路，两公里路，两个年幼的孩子……小儿子告诉妈妈：“哥哥非常疼我，我的脚崴了，他把我背了回来。”大儿子也赶忙说：“弟弟也很好，我要背着书包，再背他，他非要背着书包。”赵合叶听完，被孩子们的话感动了，除了心疼孩子，大儿子的懂事让她有了些许欣慰，但心里对孩子那种亏欠感越发浓重。

或许是一直从事食品行业的缘故，多年的烦琐和连轴转让赵合叶备感劳顿。“改行卖自行车及土产！”一个念头，便促成了一个转身。2001 年，她的店面开在了当时的郑州钢材集散地，位于航海路上的五里堡钢材市场。

赵合叶的邻居是一家卖方管的钢材公司，她和公司的女老板交往甚好，时间久了，她突然萌生了“卖钢材”的想法。在此之前，她连想都不敢想，自己可以从事这么“高大上”行业。阅人无数，不如贵人相助；贵人相助，不如高人指路。2003 年 4 月，在朋友的指引下，赵合叶的钢材公司正式开门营业。虽然从来没有接触过钢贸，但她始终坚信毛主席的话“世上无难事、只怕有心人”。然而，当梦想插上翅膀还没有来得及腾飞，一场“非典”席卷而来。工地停工，百业受挫，钢材价格在每吨 1700 ~ 1800 元徘徊。煎熬半年后，“非典”疫情结束，市场需求出现“井喷”，钢材价格一飞冲天，直达每吨 4500 元左右。年底，赵合叶体会到了做钢材生意的“惊心动魄”和赚得“盆满钵满”的喜悦。

当一个享誉行业的企业一路稳健地走来，你可曾知道赵合叶背后流泪和流汗、流血的经历？她一直在用坚实的脚步，丈量着追梦路上的每一步，而且步履艰辛。

商海无情，善游者生，拙游者溺。市场能够吞噬懦夫，也能锻炼强者的胆略。赵合叶在充满竞争的滚滚商潮中坚守“让利与人，现金交易”的生意宝典，始终秉承“做值钱人，不做有钱人”的价值取向，在用人方面牢记“宁可无才，不可无德”的用人之道，让公司在大浪淘沙中不断发展壮大。

多年来，现金交易成了郑州宏程的一大特色。针对当下贸易中的赊欠及垫资交易等，赵合叶用三点概括了她的“独门绝技”：利润薄点，质量好点，服务优点。十五年来，宏程始终坚持现金结算，成了郑州钢市上一道亮丽的风景。经过十多年的磨合，宏程的新老客户都已经习惯了这种结算模式。资金的快速周转，带来了更为丰厚的收益。赵合叶打造了“运筹帷幄，决胜千里”的轻松贸易，宏程也因为连年的经营稳健被业界广为熟知，享誉业界。

如今，郑州市宏程金属材料有限公司作为郑州市钢铁贸易商会和河南省钢铁贸易商会的副会长单位，始终秉承“职业化管理、专业化经营”的管理理念，不断发展壮大，现已拥有流动资金 3000 万元，公司自备大型运输车辆、大型吊装设备及 4000 多平方米的室内货场。赵合叶带领她的团队靠着雄厚的实力、良好的信誉、完善的销售网络和周到的售后服务，发展巩固了一大批新老客户，并与各大钢厂建立了长期稳定的战略合作伙伴关系。

收益大、压力大、风险大。面对我国钢材贸易行业的“压力山大”，赵合叶选择用广泛的爱好来稀释压力。她说：“早起走路是我坚持时间最长的锻炼方式，晚上看一些有关佛学知识的书，在饮食上习惯坚持吃素。我坚信只要身体好、德行好，有一颗善良、感恩、理解人的心，做什么都会很顺利。从一无所有走到今天，都离不开朋友和社会各界人士的帮助与支持！”

提起一路走来的艰辛，赵合叶对在公司位于南三环时发生的一件事记忆犹新。那次，一个开封女客户叫孙春叶，在公司购买了近 70 万元的货物，除了支付部分现金外，余下的 21 万元准备刷卡支付。在办理货款时，赵合叶接到家中亲戚病逝的电话，这让她慌了神。由于着急回去，赵合叶慌乱中少输入了一个“0”字，这让原本 21 万元的货款，变成了 2.1 万元，少收了 10 多万元。

“大姐，别慌嘞，你少摁了个零，21 万元呢，你少刷了 18.9 万元。”孙春叶淡定的提醒赵合叶。“你太好了，妹子！”赵合叶除了感动就是感谢。因为，所有财务手续已经办理完毕。如此大的金额，客户却不为之所动，实在让人不敢多想。为了表示感谢，赵合叶主动免去了客户 6000 元的运费。然而，如此大的金额瞬间失而复得，还是让赵合叶心里过意不去，她拨打了一家媒体的热线电话，通过媒体再次向客户表示感谢，同时给予表扬。此后，她们成了很要好的贸易伙伴和朋友。

如果这次让人感觉惊险，那么此后的另外一件事情更是有点惊心动魄的意味。一次，赵合叶在给正大制管办理 50 万元的货款时，误把收款人“姜海东”选择成了电脑储存的“姜西海”。办理完毕后，电话里，厂家并没有收到这笔货款，这让赵合叶瞬时间懵了。“姜西海”是谁？自己并不认识。打了一圈电话，没有人认识姜西海。

赵合叶打电话向工商联钢贸商会秘书长时晓莉求助，时晓莉急忙联系银行，希望得到帮助。慌乱中，赵合叶又拨通了去井冈山旅游刚认识的光兴钢铁总经理的电话：“于总，你认识谁叫姜西海吗?”得知情况后，放下家中急需处理的事情，热心的于光立刻打电话给乾丰公司的郭青峰，郭青峰立刻联系安旭公司的张留涛。无巧不成书，张留涛说，姜西海是他的哥们！经过询问，人家也的确收到了这个“天降大礼”。通过于光等人的接力帮助，仅一个半小时，误汇的50万元完璧归赵。提起这件事情，赵合叶仍然对光兴钢铁的于光等朋友的鼎力帮助充满感激。

金钱除了铜臭味，更多的还有人情味，你是否能够闻到？我们要让感恩如花般绽放，衣钵相传，让爱荡漾，涟漪远方，做一个值钱的人而不是有钱的人。

在很多人的固有思维里，“仗义”仿佛都是男人的专利。作为钢贸行业屈指可数的女性，赵合叶却“兼容”着这份豪情。由于自己所经营的钢材品种和朋友的相同，偶尔的无意竞争却成为她心头的顾虑。“朋友带我进这个行业，我不能与她竞争。”2005 年，赵合叶决定放弃已经熟悉的方管经营，全部改为圆管系列产品。就这样，看似不同的钢材品种，却要重新经过市场定位和客户开发，镀锌管、圆管，立刻替换了原有的系列。

赵合叶说：“小时候家里很穷，上学的学费都是父母攒起来的，虽然穷，我还是万分感谢父母的养育之恩，从他们的身上学到了很多。父亲喜欢赏识别人的优点，母亲是大家闺秀，母亲慈祥的面容，永远都印记在我脑海里，母亲的为人处世，言谈举止都使我深受影响。父母什么财富都没给我留下，唯独给我留下一颗感恩的心，我要把这份感恩品德作为我们家的传家宝，传给我的子孙后代，做一个值钱的人比做一个有钱的人更富有。”

“奋斗，才会创造价值；奉献，人生才会有意义。”这是赵合叶的座右铭，也是她做人的准则。赵合叶深有感触地说：“我从小在农村长大，看到农村有很多孤寡老人和留守儿童，我就想在自己稍微有点能力的时候，为他们多做点事，略尽自己的绵薄之力，回报社会。他们开心，我也圆了心中长久以来的梦想。无论我们走多远，飞多高，都不要忘了我们当初为什么而出发，不要忘了生养我们的故乡。”

作为一位女性，她有着细腻的情感和温柔的情怀，每当看到灾区人民和困难山区儿童，她都会潸然泪下。穷则独善其身、达则兼济天下。数年来，赵合叶积极参与河南省钢贸商会为希望小学的捐助，积极参与郑州市钢贸商会发起的为汶川地震、玉树地震和抗击新冠肺炎疫情捐献爱心的活动，与朋友一起到郑州市儿童福利院看望儿童等，怀揣着一颗感恩的心，赵合叶一直在路上……她认为做慈善是人一辈子最大的一种福报，只要人人都献出一点爱，世界将会变成美好的人间。

峥嵘岁月，四季轮回，当我们容颜老去，你可曾还记得三十八年前走出校门后的那个小女孩，如今她已经成为一位鏖战商场的铁娘子？

历史的车轮飞转到21世纪，一个处于空前剧变的伟大时代，信息技术和互联网迅猛发展，世界变成地球村，人们足不出户便能点击千里、共享世界、跨境往来、贸易天下！

早在2015年3月5日召开的十二届全国人大三次会议上，李克强总理在政府工作报告中提出“互联网+”行动计划：利用信息通信技术以及互联网平台，让互联网与传统行业进行深度融合，创造新的发展生态。互联网时代改变了商业生活的一切，这是一个全新的商业社会，一切常识和经验都将被彻底洗牌。钢铁、建材、家居、服饰、食品等无一不包揽，当然也包括类似赵合叶所在的钢铁经营行业。

随着“一带一路”倡议的实施，“互联网+”理念下的传统制造业转型也将是更多企业的必然选择。赵合叶认为，商人之间的信息交互早已不再是面对面的谈判、货对货的验证，如原来必须要去钢场进货，现在就不需要了，可以借助网络节省大量的人力物力，线上交流变得频繁，面对未来，自己需要学习的还有很多很多。“就目前来说，感觉自身还欠缺很多，还需要向行业内更多优秀的人学习，不断提升自己，做到精益求精，给客户提供更优质的技术和服务，只有这样，企业才能发展得更快、更好。做一行爱一行，既然选择了这一行，我就希望能在钢铁行业干出一番成绩，无愧于自己，无愧于父母和家人，无愧于身后那么多支持、鼓励我的朋友。未来不管遇到多大困难，我都会在这条路上坚定地走下去。”赵合叶深有感触地总结。

关于企业的未来，赵合叶信心满满：“中共十九大报告首次提出建设‘现代化经济体系’，指出中国经济已由高速增长阶段转向高质量发展阶段，中央经济工作会议也定了稳中求进的工作总基调。我们必须脚踏实地地做事，坚持诚信为本、积极拥抱互联网，积极开展电子商务网络建设，依靠网络，依靠新设备、新产能，以先进的管理理念，领先的科学技术为依托，为广大客户提供安全、便捷的服务，把这个行业做精做好。”

铁娘子赵合叶的传奇故事告诉我们，只有经历了生活的磨炼、岁月的沉淀、时间的考验，有朝一日才能厚积薄发，脱颖而出。千里之行，始于足下；岁月如歌、不负芳华。相信赵合叶定会带领她的宏程金属在钢铁行业的大道上砥砺前行、一路芬芳。

以人为本，倘若『红心』敬业，何愁卓著『功勋』

——访郑州鼎胜钢铁有限公司总经理　赵红勋

几经风雨，几经变革。多年来，赵红勋带领公司基于钢材的专业化经营、强大的经销网络优势以及行之有效的精细化营销管理，在钢材市场上独树一帜，用刚强和勇毅创造了一个又一个发展奇迹，用勤劳和智慧走出一条特色钢铁贸易之路。

嵩山巍巍，黄河滔滔。在千年商都郑州经济发展的伟大征程中，有一种工业精神，倔强执着，血脉传承，总让人豪情满怀。几经风雨，几经变革，面对严峻的钢铁市场，郑州鼎胜钢铁有限公司在总经理赵红勋的带领下，坚持以人为本，秉承诚信立足，创新致远，开展技术革新，保障产品质量，提供优质服务，销售渠道稳定，不断增强市场竞争力。在公司发展壮大的十年里，始终为客户提供好的产品和技术支持、健全的售后服务，用刚强和勇毅创造了一个又一个发展奇迹，用勤劳和智慧走出了特色钢铁贸易之路。

他从花都鄢陵走来，一路风尘北上。二十年的星夜兼程，一个正值青春的毛头小伙变成中年大叔，他终成追梦路上从未停歇的“赶路人”。

1999 年 7 月 19 日，赵红勋从学校毕业后应聘来到荥阳一家钢厂上班，成了一名业务员。初入钢铁行业，每个人大多都有着相同的问题：如何寻找客户？初次接触这个行业，赵红勋总是有点显得力不从心。他深知客户的积累直接关系到日后自己业务是否能够开展的顺利，各人都有自己的方法，在这样一个钢铁行业不太明了的时候，客户的多寡便又显得尤为的重要。为了寻找客户，他积极向同行学习，同时熟悉公司经营的是什么钢材，这些钢材的需求方主要是哪些行业，这样才可以有针对性地去寻找这些下游企业。

知己知彼，方能百战不殆。赵红勋在了解本公司的情况后，就开始在本地市场开展调研，大概了解了本地市场上有哪些公司与自己经营的是同样的钢材，以及这些公司的规模。一方面可以了解对方的实力，另一方面也为方便日后自己公司缺货的时候调货。年轻是最好的资本。当时只有20多岁的赵红勋在师傅的指引下，凭着自己的闯劲跑市场，随身带着一个小本子，把市场上所有经营螺纹钢、线材、盘螺的公司逐个走访，记录产品的规格型号、生产厂家、应用范围、销售半径……

回去后他细细琢磨：哪家的货物齐全、价格合理，哪家的老板是谁、业务经理是谁。在当时繁忙的钢材市场上，人们经常能看见一个勤奋的身影奔波于各个公司之间。半年过去了，从最初的理论换算都不会，到熟悉掌握每天的行情变化，他慢慢成长为了步履坚实的“赶路人”。作为业务员，赵红勋练就了一套与人打交道的能力。彼时为了业务发展，他尽可能多地去认识一些钢材老板或者是业务员，将他们看成是自己的合作伙伴而非竞争对手。这样一来二往，关系熟络起来，对于自己以后的业务肯定会有很大的帮助。

赵红勋始终认为：做贸易、做生意就是一个结交商人朋友的过程，想办法结交更多的朋友，你的客户也会随之而来，很多人今天不是你的客户，说不定明天就是，一单意想不到的业务也许会让你结识更多的朋友，只要不断地积累，客户资源就会越来越多。

在开展业务过程中，赵红勋始终保持对公司、对产品、对自己有足够的信心，他时刻告诉自己：我们的公司是有实力的，我们的产品是有优势的，我是有能力的，我的形象是让人信赖的。每天在拜访客户之前他会做充足的准备工作：一定要注意检查自己必备的资料是否带齐，自己的形象是不是无可挑剔了，走起路来是不是挺胸抬头，自己表情是否很放松。

面对客户，他时刻暗示自己要有平衡的心态：客户是重要的；我是同等重要的，我们如果合作，他会为我带来业绩，而我也会给他带来创造财富的机遇。随着经验积累，赵红勋慢慢掌握了业务技巧，业绩稳中有升。

2002年，赵红勋所在的荥阳钢铁厂把新乡钢管厂兼并收购，应工作需要，赵红勋就去新乡开展业务。“那时候做业务根本不愁卖货”赵红勋回忆说，2000年之后，得益于中国经济的高速发展，基础设施建设、建筑行业、机械加工、汽车行业等都需要大量使用钢材，钢厂、钢贸厂都有不菲的利润。那时每吨钢材的利润稳定在200元到400元，如果一个月销售5000吨钢材，利润就是100万元到200万元。

2005年，国家发改委提出《关于钢铁工业控制总量淘汰落后加快结构调整的通知》的文件。按照该文件，“十一五”期间，我国钢生产能力力争控制在4亿吨左右，拟淘汰1亿吨落后炼铁生产能力、5500万吨落后炼钢能力。但是在随后不到一年时间，中国钢铁产能就迅速超过4亿吨规模。随后国家发改委调整了调控目标，将“十一五”期间的钢铁产能调整到5亿吨的规模。2006年，提出淘汰全部200立方米以下的小高炉。2007年，提出淘汰300立方米以下的小高炉和20吨及以下的转炉。2007年中国钢铁产能达到了4.89亿吨，比上年又增加了6625万吨……作为钢贸业务员，赵红勋经历了中国钢铁行业高速发展的黄金十年，看到钢铁行业的滚滚利润，更见证了国家对钢铁产业的调控，他决定自立门户，从事钢铁贸易。

从做业务员的“大方”，到当老板后的“抠门”，他着实体会到“开源节流”的深刻意义。做好自己，做好企业，蓦然回首，你才发现自带光芒。

多年来，在艰苦创业过程中，赵红勋始终守法经营、依法纳税，并以诚实守信的经营作风赢得了社会各界的高度评价。“堂堂正正做人，清清白白为人，扎扎实实办事”，是他对自己及员工们的要求。2008年5月，赵红勋离开工作九年的钢厂，开始自立门户，从事钢材贸易。2010年5月18日，在郑州市工商行政管理局管城分局注册成立郑州鼎胜钢铁有限公司。

说是公司，当时也就两三个人。从业务员到老板，赵红勋的心态发生了很大变化。赵红勋说：“以前跑业务只需负责好自己的那一块，别的不用多考虑。但成立公司就不行了，制度、财务、税务、销售、客户、服务都得考虑，任何一处出问题都影响大局。”开弓没有回头箭，赵红勋从转变心态做起。以前自己是“员工心态”，现在必须转变为“老板心态”。以前当员工时，赵红勋经常感觉老板都特别“抠”，打印纸正面用了背面还要拿来复印，这个月的办公费用超了一百块还要斤斤计较等。现在成了老板，他豁然开朗。

他发现“老板心态”要具备三个核心的心理要素：首先是成本优先，利润最大化。如果在同样条件和品质保障下，如果100元能买到一批材料，绝不会花101元去买，因为省下的那一块钱将变成企业的利润。况且这是经常性费用支出而非一次性费用支出，长期节省下来的可能就是成千上万元！

其次是目标导向，一切为结果服务。身为老板，自己工作的目标和目的是非常明确的，为了达到想要的工作结果，在遇到困难时要及时补充资源进行克服，方式不正确即调整，一切都围绕目标和结果而灵活变通。

最后是作为老板，与企业是命运共同体。像日常生活得柴米油盐一样与生产和员工生活相关联的一切事务自己都要关心，都是自己的责任，而且出现困难时没办法推卸责任，必须面对并解决问题！老板的每一步都如履薄冰，因为老板身上肩负着整个公司的收入来源，关系着员工下一顿饭是否还有米下锅！心态一变天地宽。赵红勋带领员工利用自己积累的客户资源准备大干一番。

钢贸，顾名思义就是做钢铁贸易。钢贸商的任务很简单，就是从钢厂购买钢材，再卖给需要用钢的企业，赚取中间的销售差价。这样来看，钢贸商跟其他的贸易商人没什么本质区别。但是，钢铁行业本身的特点决定了钢贸商相对独特的经营模式。常言道枝繁才能叶茂，得渠道者得天下。钢贸企业只有建立自己的客户渠道，以作终端客户为主，才能把命运掌握在自己手中。

赵红勋成立公司之初没有任何捷径，靠的只是两条腿、四个车轮。郑州大街小巷、犄角旮旯，只要有用钢材的地方都留下了他们的身影。通过努力，赵红勋逐步建立了庞大的市场网络，成为国内鞍钢、济钢、邯钢等大型钢厂的战略合作伙伴。由于搭上了中国经济快速发展的列车，钢铁行业迎来了井喷式的发展。虽然国家曾多次重拳出击来打击钢铁行业的过度投资，中国的粗钢产量依然从2000 年的1.27 亿吨增长到了2007 年的4.89 亿吨。

有钢铁就有钢铁贸易，有贸易就有利润。钢贸商在这段时期获得了不菲的利润，赚得盆满钵满，过着常人难以企及的奢靡生活。银行和国有企业当然也在其中分一杯羹，只不过由于两者有其他主营业务，没有过多表现出来。然而，2008 年的金融危机让钢铁需求锐减，进而导致钢铁价格快速下跌，出口急剧减少，库存开始猛增，钢铁行业陷入了前所未有的危机。这场突如其来的危机不只危及钢铁行业，整个宏观经济都因此受到了巨大冲击。

2008 年四季度，中国 GDP 同比增速降至7.1%，2009 年一季度再次降到6.3%，这是十年来从未有过的低点。为避免中国经济出现失速的风险，中国政府以巨大的决心，推出中国宏观政策史上前所未有的“四万亿”一揽子经济刺激计划。对于钢铁行业来说，严酷的寒冬瞬间变成酷热的盛夏。刺激政策的主要发力点是基础设施领域，房地产和“铁公机”项目，对钢铁的需求瞬间成了无底洞。不仅如此，刺激政策还要求金融要加大支持实体经济的力度，对银行的信贷规模限制从上限变成了下限。银行的信贷员们倾巢而出，拿着用不完的贷款额度四处寻觅可以放款的对象。一时间，资质好、信用佳、资金需求大的钢贸商成了银行的宠儿。

郑州鼎胜钢铁有限公司正是基于钢材的专业化经营、强大的经销网络优势以及行之有效的精细化营销管理，在钢材市场上独树一帜，信誉度不断提高，销售渠道更深更广，为企业赢得了良好的经济效益，同时也赢得了钢厂的信任，赵红勋经常急钢厂之所急，发挥自己销售网络的优势，化解钢厂的难题，得到众多客户的认可。

忙碌是幸福，让我们没时间体会痛苦；奔波是快乐，让我们真实地感受生活；疲惫是享受，让我们无暇空虚。路的尽头仍然有路，只要你愿意去走。

众所周知，我国钢铁贸易流通行业有三大主要特点：资金需求大、贸易周期长、流程环节多。面对如此大规模的资金占用，赵红勋说：“前几年生意好做，现在大环境在变，利润空间极小，钢贸商必须有危机意识，坚决避免盲目扩张，时刻控制风险。”对于资金密集型的钢贸行业而言，诚信是至关重要的。从目前来看，危机势必会让钢贸行业洗牌。能留下来的必定是那些讲究诚信、资金雄厚的大型钢贸企业。那些投机者、炒作的人势必会被市场淘汰。因此，钢贸企业必须把握好诚信关。

前几年经营形势好时，赵红勋的业务一度覆盖新疆、广东、广州等多个省市，如今业务萎缩，限于河南省内。钢贸企业的盲目扩张带来的后果就是恶性竞争。很多钢贸商都有这样的体会，从2010年下半年开始，生意明显难做了。以前那些主动来签单的建筑工地，都稳坐办公室等钢贸商求上门。还要先垫付价值上百万钢材，直到建筑项目竣工才会把钱给钢贸商。

“不这样没办法，不然生意就被别人抢去了”。赵红勋说，抢蛋糕的人越来越多，而蛋糕却骤然变小了。特别是房地产调控政策传导到了钢贸企业，钢材销量急速下滑，利润率也在急速下跌。再加上中央环保治理力度加大，“大气十条”“水十条”“土十条”等相继落地，环保风暴一波胜过一波，督查回头看处理千家污染企业，中小企业及钢贸商的发展面临前所未有的挑战，环保政策持续加压，连生存都是难题，出路何在？

“这既是压力也是机遇”，赵红勋表示，因为中小企业及钢贸商一方面普遍规模小，积累少，较难提供有效的抵质押担保；另一方面财务制度不规范，信息透明度差，信用状况较难实现客观评判。企业普遍缺乏核心竞争力，业绩不够稳定，发展前景较难评估。中小钢贸企业由于盈利模式单一，管理问题突出，生存发展肯定遇到了瓶颈。以钢贸行业为例，钢贸商主要依靠传统的、单一的“贱买贵卖”盈利模式来赚取价差，而随着现货市场价格波动频繁，震荡幅度小及难以把握市场走向等因素影响，单一化的盈利模式越来越受到挑战。

当面临行业洗牌时，转型掉头难。行业集中度较低，造成产业链畸形发展。受制于企业规模及所在地，很多中小企业尤其是钢贸企业散落分布，很难形成规模效应，无法与上下游形成有效对接。在整体行业“散、乱、弱、小”的情况下，无序竞争加剧，产品价格没有最低只有更低，恶性竞争导致中小企业利润一低再低。钢贸行业已经由暴利时代逐渐步入了微利甚至亏损时代。

环境治理不仅带来了危机，更带来了机遇。赵红勋说：现如今，环保已是大势所趋，及早醒悟就越早降低损失，积极配合整改，就会把危机变成机遇。一方面环保治理会改善市场供求。环保减产使得市场供应达到动态平衡状态，不但有利于减轻钢铁行业产能相对过剩，平衡市场供求关系，而且还有利于发展循环经济和环保，有利于钢贸市场的科学发展。另一方面会提振钢市信心。国家对环保问题“零容忍”的态度，对钢市及原材料市场多是利好。污染物排放要达标，要上很多环保设备，提升钢铁生产成本。环保将增加钢铁生产成本，少则每吨 200 ~ 300 元，多则每吨 500 元，甚至更高。此外，各地要压缩钢铁的产能。从总体的影响来看，将提升未来钢铁的价格水平。

与此同时，改革促使行业洗牌加剧。一流企业及国有企业会利用资本优势和市场优势抱团取暖，让大企业更大。而中小企业在这一轮改革中极有可能不能跟上环保和发展的节奏大量倒闭和死亡。尽管环保治理压力越来越大，经营环境日趋恶化，利润空间持续缩小，但是目前大部分钢贸商还在坚守。赵红勋认为，尽管行业不景气，但这是正常波动现象，还对未来回暖抱有一定的信心。而如果贸然进入新的领域，会有巨大的风险，稍有不慎会损失更多。

面对严峻形势，赵红勋表示要建立品牌和提升影响力，未来的钢贸企业肯定是小而强，不是大而笨。不但要拥有品牌，更要拥有足够的决心和耐心，企业才能走得更长远。谈起未来，赵红勋表示电子商务平台是未来行业发展的必然趋势。低利润时代要选择电商平台作为转型升级的突破口，通过搭建或者合理利用电商平台，将供应链体系内包括的原料、物流、金融、成品销售结合起来，全力渡过难关。

岁月如梭，时光荏苒。回顾过去，郑州鼎胜钢铁公司全体员工辛勤耕耘，拼搏奉献，成就了这艘舰船的扬帆远航；展望未来，前程广阔任重而道远。

一个退役『特种兵』开启的不锈人生

——访河南展利金属材料有限公司总经理　侯闪

侯闪，做过流水线喷漆工，历经五年戎马生涯，退伍后当过保安、干过网络推广……从风光旖旎的海南三亚到山东齐鲁大地，处处留下了他不甘平庸的追梦足迹。2018年，侯闪正式创业，采取全品种经营战略设立河南展利金属材料有限公司，他用勤奋在中原大地成就了自己的一番事业。

岁月如一指流沙，青春是一段年华。当年他走出豫南贫困山区，来到物欲横流的广州东莞，想开拓属于自己的一片天地，直到屡屡受挫才知道“梦想遥不可及，现实步步紧逼”。

从风光旖旎的海南三亚到山东齐鲁大地，处处留下了他不甘平庸的追梦足迹。他曾梦想当一个月薪七八千元的业务员，而如今却成为一位年销售千万元的钢铁贸易公司老板……他就是河南展利金属材料有限公司总经理侯闪。经历刻骨铭心的过往，他像一只苍劲的雄鹰，翱翔在万里长空。让我们用文字触摸他心灵最深处柔软且遥远的记忆，零距离感受一个真实的80后钢贸公司总经理。

八百里的伏牛山，三千年的宛城，怀揣着梦想，双腿沾满泥浆的他，凭借着蓬勃的青春力量，走过“卧龙岗”，奔向朝阳……

八百里伏牛山峰峦叠翠，林海茫茫；三千年宛城文化璀璨，名人辈出。这里曾经孕育出“科圣”张衡、“医圣”张仲景、“商圣”范蠡、“智圣”诸葛亮、“谋圣”姜子牙等历史名人，这里就是中华历史文化名城——南阳。

1987年，侯闪出生在南阳市卧龙区一个普通的家庭。不经风雨长不成大树，不受百炼难以成钢。人生于世当要百炼成钢而后绕指柔，风雨只是逆境中让人成长的阶梯。侯闪在成功之前，也经历了很多挫折和困难。

孔雀东南飞。因为家庭贫困，更因为年轻气盛，初中没有毕业便辍学的侯闪一心想要出去闯荡。2002 年，15 岁的侯闪来到广东东莞打工，在流水线为手机壳、电脑外壳喷漆，干了一年多，每月三四百元的工资，啥时候能买一辆属于自己的汽车？侯闪年轻的心骚动不已。见到厂里的业务员每月都能赚七八千元，他当时就有一个梦想，啥时候自己也能成为一名如此高薪的业务员就好了。赚更多的钱，改善生活，侯闪有了最初的原动力。

打工期间，因为瘦小，加之来自农村，侯闪经常受欺负，于是他萌生了去当兵的想法。2004 年年底，刚满 18 岁的侯闪穿上军装，来到新疆阿克苏，成了一名卫国戍边的军人。

侯闪所在部队的前身是著名的三五九旅。从轰轰烈烈的南泥湾大生产到驻守新疆，三五九旅这所军队大学校培养了一辈又一辈诚实、勇敢，善于拼搏、甘于吃苦的优秀军人。18 岁到 23 岁，侯闪在部队中度过了他人生中精彩的五年。五年戎马生涯里，部队这个大熔炉淬炼了他坚强的意志和百折不挠的勇气。

2009 年，光荣退伍的侯闪来到风光旖旎的海南三亚景区负责安保工作，但不甘平庸的他仅仅待了一年便放弃了。2010 年，他来到山东泰安，在百度下属的公司负责网络推广，每天早起晚归，天天打电话联系客户，那时他接触到了一些钢铁老板，经常听他们谈起生意往来，动辄百十万元。他感觉自己的付出和收入不成正比，干了三个月后，他在 58 同城上看到钢铁企业招聘业务员，他去应聘后成了一名业务员。

为了生存，侯闪只身背起背包，深入各地跑业务、找客户。侯闪说，有时候到一家公司推销产品，你还没有开口说话，就被别人拒之门外。那种辛酸和迷茫扑面而来，让侯闪感觉到了无奈。然而，侯闪还是凭借毅力和勤奋，继续奔波在各地市间，积累了丰富的钢材销售经验。

从尝试过多个行业的退伍兵，到专业经营不锈钢产品的公司总经理，仅仅用了 1000 天，侯闪便完成了他创业路上的一次次“转变”。

“干就干精品，争就争第一。”这是侯闪的口头禅。从来不服输的他做起事来一丝不苟。这位 1987 年出生的企业负责人阳光率真、穿着时尚，眉眼、嘴角常有浅浅的笑意，这与年轻的 80 后似乎没什么两样，但接触下来又深感他身上有种特质，是谈吐间时而谦逊感恩的低调，更是十余年商海历练之下的沉稳与豁达。

创业的道路从来都是布满荆棘，侯闪的创业之路也不例外。他有着勤劳朴实的优秀品质，在流水线当工人、部队执行任务、公司跑业务，这些经历都锻炼了他坚韧不拔的性格，也沉淀为他继续前进的阶梯。

2013 年，侯闪离开山东来到郑州。几年的职业生涯，不但使他感受到钢铁行业市场的曲折发展，为他带来了快乐，也让他熟悉了钢铁、爱上了钢铁，坚定了终身与钢铁为伴的决心。社会学家霍布斯说：人生就是舞台！你在舞台转换表演角色，或者干脆转换舞台，你的影响力就会发生深刻改变。

2018 年，抱着与钢铁行业休戚与共的信念和让家人过上丰衣足食好日子的美好愿望，侯闪在郑州市文兴路南段紫东钢铁企业园，成立了主营不锈钢与特殊钢材业务的河南展利金属材料有限公司，侯闪决心在中原大地干出自己的一番事业。

侯闪采取的是全品种经营战略。经销的产品有 200 系、300 系、400 系、不锈钢双相钢、超级不锈钢等各种材质的不锈钢板、不锈钢管、不锈钢丝、不锈钢圆钢、不锈钢型材、不锈钢配件，以及角钢、槽钢、扁钢、弯头等各类阀门管件。从一般不锈钢到特殊用途的不锈钢，不但经营品种齐全，材质、规格、型号也多，做到应有尽有，最大限度地满足客户需求。

面对市场困境，展利在增加经营品种的同时，着重在服务上下功夫。公司不仅负责联系车辆、组织运输，还采取定期与不定期上门走访、回访的形式，不断征求客户意见，以求做得最好。侯闪说，由于公司提供的增值服务好而且经营品种齐全，尽管钢铁市场形势严峻，展利还是取得了不错的销售业绩，销售渠道从郑州、河南逐渐辐射到山西、湖北、山东、安徽等周边地区并向偏远省份延伸，最远至云南。

诚信方能成人，当很多人还把“诚信”挂在墙上、嘴上的时候，他却已经带领着公司全体员工收获了“诚信”带来的立业和兴业之果。

做生意最基本的就是诚信，只要用心就没有做不好的。侯闪心里想，“得不到消费者信任，企业谈何发展，我一定要做最优质的产品，占据市场制高点。”众所周知，生产不锈钢的工艺是当今世界应用很广泛、性价比很高的钢材处理方法。但由于生产不锈钢最重要的原料铬和镍成本高，国内个别不良商家为降低成本，常会生产和销售一些假冒伪劣产品：以次充好者、以薄充厚者、低标号充高标号者，甚至以其他钢材冒充不锈钢者。不锈钢市场的混乱局面致使整个行业危机四伏。

对此，在耒阳还流传着这样一个小故事：有一个小偷爬防盗窗入室偷窃时不慎滑落身亡，到被人发现时，他手里还紧握着不锈钢防盗窗上的一根钢管。因此，在不锈钢行业，诚信经营就显得尤为重要。侯闪认为，“诚信方能成人”，诚信是做人的基本，也是企业生存发展的基石。针对市场混乱的情况，为做到正本清源，侯闪在客户中推出了“展利不锈钢，真正 304”的承诺。侯闪介绍，为了保证产品质量，展利经营的不锈钢产品均为大厂名牌，包括青山特钢、上海宝钢、山西太钢、上海其昌、华新丽华、西宁特钢、张浦、酒钢的产品。尽管进货成本比较高，但是公司卖着放心、客户用着也放心。

除了货源讲品质，侯闪还把售后服务也列入诚信经营之中。如针对每一个客户，公司采用业务员跟踪到底的方式，从产品质量到商品价格，从进货、验货到送货，均实行一站式管理，不漏过每一个环节。公司还对客户承诺，一旦发现问题，郑州市内 2 小时内派人到达现场处理，河南省内 24 小时内派人到达现场处理。只要确定产品存在质量问题，就保证一周内发货替换。

在侯闪看来，服务这件事儿上，没有什么能够替代，他如此教导员工，同样也身体力行。“现在市场上这么多同行企业，客户为什么要选择你？是因为信任，你不能让客户失望。”

新乡市曾经有一家国企客户，晚上 8 点多打电话给侯闪，说发现质量有问题要求派人去处理。侯闪不到 2 小时就赶到那里，最后查清问题出在加工设备没有调试好。尽管与产品质量无关，但是侯闪这种认真负责的精神还是感动了在场的客户负责人。

正是侯闪这样精益求精的服务，使展利得到了业界的广泛认可和赞誉。

郑州钢市几经变迁，经历从无到有，再到不断壮大，承载了钢铁人成功时的喜悦和失意时的心酸。钢铁产业是我们国家经济的支柱产业，也是经济变幻的“晴雨表”。

当前不锈钢行业可谓是鱼龙混杂，假冒伪劣产品大行其道，甚至一些国家标准参编单位都没有执行新的国家标准，生产的产品不合格，给行业造成十分恶劣的影响。

谈到目前不锈钢行业存在的无序局面，侯闪认为原因有二：第一，我国某些不锈钢企业因盲目追求产量最终掉入低端重复建设的陷阱之中，如果不加以控制，可能会毁掉品牌；第二，某些不锈钢企业在市场过剩的大环境下为占据垄断地位，在既没有经济效益也有没有社会效益的情况下，依然大幅度投产增产，影响了市场机制对行业的调整作用。

鉴于这种情况，侯闪呼吁，百年大计，质量为本。钢铁制造和使用单位为了工程质量达标，为了子孙后代，为了安稳睡觉，千万不可心存侥幸，制造和使用不合格产品。

侯闪建议由权威机构牵头将郑州现有不锈钢企业组织起来成立不锈钢企业协会，让没有良知和违法的企业上黑榜，无处遁形、无法生存。只有大家共同规范市场、保护市场，才能把不锈钢行业引入健康发展的轨道上来。

曾经驰骋大漠边疆、枕戈待旦的优秀儿郎，如今退伍不褪色，把梦想打包，砥砺前行……为梦想，为明天！

新时代面临新机遇，新机遇带来新挑战。公司成立几年来，展利的事业做得风生水起，正处而立之年的侯闪对他的公司、对整个不锈钢行业更是充满了信心。

侯闪常说：“任何困难、任何挑战只会也只能在发展中解决，信心危机比经济危机更可怕。”现在他的愿望也是他一直以来坚守的梦想：利用这个重新洗牌的机遇，让自己一直守护的钢铁梦工厂长存在郑州这块喧嚣的热土上。

一个持续健康发展的企业，一个一流的钢铁团队，一个持续畅销并被广大客户认可的产品，必定有一套良好的管理机制。侯闪大力实行人性化管理，积极留住人才，全力为公司员工提供生活保障，并设置多项人性化的奖项，最大限度地调动员工的积极性，激发员工工作动力。

“那些钢贸大公司一年做几个亿很正常，但我就是稳扎稳打，去年销售额实现1000万元，今年目标是3000万元，明年要达到5000万元。对实现这个目标，侯闪充满了信心。

在人生历程中，他感触最多的就是，在困难的时候，政府和朋友所给予的大力支持和帮助。他最得意的事就是有一个善解人意、温柔贤惠的妻子和可爱的孩子。他经常忙到凌晨回家，看到熟睡的孩子，内心很欣慰，觉得自己所有的辛苦都是值得的。不管生意盈亏，妻子都非常理解他、支持他，永远都是他的坚强后盾！妻子和孩子是他前进路上最大的动力和支持。在妻子眼里，他是一个好丈夫；在孩子眼里，他是一个好爸爸。

公司的经营压力打不倒他。他认为：压力就是动力，毕竟自己还年轻，只要肯努力，一切皆有可能。

多和成功的人在一起才会更成功。平时侯闪喜欢和钢铁圈内的成功人士在一起聊聊市场，谈谈管理。也经常参加商会和业内组织的各种培训和研讨，大家的消息互通了、资源共享了，判断市场走势也就更为准确了。侯闪始终认为，跟比自己优秀的人交流，那将是难得的学习机会，终有一天自己也会变为强者，跻身于“上层”人群之中。

千里之行，始于足下。怀揣梦想，一切皆有可能。当80后成长为社会中坚力量，80后企业家们也以自己的智慧更改着市场格局，我们相信，敢于拼搏、知道感恩、拥有沉稳豁达特质的侯闪和他的展利金属材料有限公司定能雄鹰展翅，搏击万里长空。

退伍不褪色，兵心依旧的『钢铁战士』

——访河南长城钢铁贸易有限公司董事长　侯爱华

曾经，10 年军旅生涯，用青春铸就钢铁长城；如今，20 年艰苦奋斗，用风华描绘长城钢铁。面前的侯爱华，沉稳、儒雅。岁月在他脸上留下了不少的皱纹，整齐的头发上也挂着风霜，只是眉毛依然浓密，眼睛还跟年轻人一样明亮。

侯爱华，1957 年出生于新乡卫辉，1976 年 12 月入伍，1987 年转业，退役时已任副连职，转业之后被分配到卫辉市物资局。1995 年，他自筹两万元在卫辉开始创业，开创了当地钢铁贸易市场，2005 年在郑州正式注册了河南长城钢铁贸易有限公司。

面前的侯爱华，沉稳、儒雅。岁月在他脸上留下了不少的皱纹，整齐的头发上也挂着风霜，只是眉毛依然浓密，眼睛还跟年轻人一样明亮。舒适合身的衣服表明他的生活是井井有条的。也许，他给你的第一感觉稍显严肃，但谈不了两句话，你就会马上沉浸在他的幽默和洒脱中。

“其实，我们的家族性格是有些严肃的。在做生意之前，我说话、做事都是一丝不苟，很少会开玩笑。这么多年的商场打拼，为了交朋友，也为了让自己的生活多些乐趣，才逐渐养成了爱说爱笑的习惯。”侯爱华笑着说出这些，带着自嘲的意味，立即拉近了我们之间的距离。我想这种亲和力，一定含有某些天赋的东西。

他的声音低沉，不算特别洪亮，但每次一开头，就有一种潮水般的气势。有时候谈起人生哲理，他面对生活的那些透彻的看法会给你一种豁然开朗的感觉。如果非要总结一下，侯爱华身上其实有一种大学教授的气质，而这种气质和他艰难的童年以及生龙活虎的军旅生涯似乎有些不相称，但这就是他，在经历过数不清的人生磨难与历练之后，他的性格反而只沉淀下来了柔和、亲切和睿智。

一个茶台，两个凳子，侯爱华不紧不慢地煮上茶。没多长时间，香气四溢。清澈鲜亮的茶水被倒进茶杯里之后，便开始了他的述说。

落霞与孤鹜齐飞，秋水共长天一色。侯爱华的家乡不仅风光旖旎，更是一个能时刻接受国家教育的地方。

河南省卫辉市，是一个历史悠久的地方，自古以来就是交通极便利之处，素有“南通十省，北拱神京”之称。这样的一片热土，历来能人辈出，各路精英汇集于此。侯爱华的故乡良村，村域面积广阔，姓氏丰富，人口众多，并非是那些常见的被一两个大姓宗族控制的村庄。在村的南边，就是黄河故道，以前水草丰美，到处都是水生动植物，有“落霞与孤鹜齐飞，秋水共长天一色”之美，现在已经成了湿地公园。据说，古时这里有一条官道穿村而过，吸引了大批能人聚集在这里。村周围建有寨墙，乱世时村民还能组团练兵，建工事，抵御外敌。侯爱华就出生在这样一个地方，这并不是一个闭塞的乡村，而是一个能时刻接受国家教育的地方。

在 1957 年的中华大地上，农村的老百姓想吃得上饱饭还是一种奢望。小时候，家里有侯爱华加上兄弟姐妹七个孩子，可以想象那时的困难程度。侯爱华谈起那个时候，眼里却满是温暖和欢乐。他说：“小时候，我们家人多，父亲对我们的教育是很严厉的，家里一直都很有秩序。虽如此，我们那个家也是一个很有爱的家，父亲在严厉之余，对我们是很爱护的，更不用说我的母亲了。兄弟姐妹之间也很团结。现在想起我们这个大家庭的特点，一是长幼有序，子女们无条件孝顺父母，弟弟妹妹也都要尊敬哥哥姐姐。二是兄弟姐妹之间相互帮助，谁也不会放弃谁，有福同享有难同当。从我开始创业到现在，我们兄妹几个一直是同舟共济、抱团前进。”

进入校园的侯爱华学习刻苦，再加上天资聪颖，学习成绩一直很好，特别在理科方面。擅长理科的人拥有独特的气质，在任何事情上往往有自己的主见。在人生道路上，遇到一个个十字路口时，侯爱华都能有独到的见解，继而做出自己坚定的选择。靠这些，他一步步走向成功，不断成就自己，也带领家人及周围的人们一起改变命运。

在侯爱华看来，现在的孩子能只专注学习是很幸福的。在那个时代的农村，作为排名靠前的兄长，侯爱华在家里脏活累活都要领头干。在大哥参军走了之后，他更是担负起家庭生计的重任。当时，父亲在乡里上班，十几岁的侯爱华承担起了所有的重活。提起这些，侯爱华笑着说："忙的时候最大的感受是缺觉。冬天磨红薯粉的时候，一夜起码得起来两次，有时候走着都能睡着。"1975 年 5 月，侯爱华高中毕业。虽然一直学习很好，但高考尚未恢复，又没有什么社会关系能让自己去上工农兵大学，只能继续务农。如果他甘愿待在农村，然后在家乡娶妻生子，这个社会将只是多了一位农民而已。

面对从天而降的机会，一边是对家的无尽眷恋，一边是对平庸生活的不甘，侯爱华梦想通过当兵入伍来改变自己命运。

1976 年 10 月，侯爱华得知有部队要来汲县征兵，他隐约感到机会来了。当他把自己想参军的想法告诉家人的时候，父亲默不作声，母亲只顾抹泪也不说话。侯爱华知道，这些年他早已成了家里的顶梁柱，日渐年迈的父母已经在心理上对他有深深的依赖。他对这个家也有着无尽的眷恋，但不甘平庸的信念早已深深烙在了他的心上，他一定要通过当兵入伍来改变自己的命运。他又把想法告诉了大哥，当时大哥刚刚退伍回家。

大哥看到侯爱华期待的眼神，似乎看到了自己当年的影子。人生不就是这样吗？你不闯闯，怎么能知道不行？于是大哥骑着那辆早就破旧不堪的自行车一口气到了乡政府大院。他找到武装部部长，没想到部长说第二天就要体检，报名早已截止。大哥再三恳求，领导最终被大哥的诚意打动，发了一张表格给他。

看到表格，侯爱华欣喜若狂，当夜把表格填写完毕，天不亮就爬起来等着去体检。打小干农活的他身体素质不会有什么问题，于是就在全村十三个报名的青年中脱颖而出，与其他三个人一起穿上了梦寐以求的绿军装，实现了自己的梦想。来到了军营，部队严明的纪律和规律的生活让一向严谨的侯爱华如鱼得水。他认真完成领导布置的每一项任务，苦练基本功。由于表现优秀，他第二年被任命为班长，第三年就被提干，曾因军事素质在全连名列前茅获得过多次嘉奖。每当发工资的时候，他只给自己留一小部分，大部分都寄到家里补贴家用。他的汇款一度成为家里的主要经济来源。他就是这样一个有强烈家庭责任感的人，即使远在千里之外的军营，也时时刻刻惦记着父母和兄弟姐妹。

侯爱华说：“当时在部队里，我一直觉得午休时间太长，把时间都浪费了，所以每天我睡个十几分钟就起来去找事情做。最喜欢做的事情就是去菜地种菜拔草，既锻炼了身体又陶冶了情操。”正是这些工作和生活中的细节让部队的领导看到侯爱华身上各种优良的品质。军旅生涯铸就了他的铮铮铁骨，也养成了他勇敢顽强、坚毅执着、敢于挑战的工作作风。

1987 年，已任副连职的侯爱华响应国家号召，转业被分配到卫辉市物资局，开始负责仓库保管工作。在工作岗位上，侯爱华依然是兢兢业业，干好自己的本职工作。在别人打牌、下棋的时候，他认真钻研钢材业务知识，逐渐了解了各种钢材的规格、重量用途等特性。每当有订货会的时候，他都积极申请去参加，以此来开阔自己的眼界。没多长时间，由于他业务出色，就担任卫辉市金属公司经理一职。

以诚待人，天道酬勤。乘着改革开放的东风独闯市场，侯爱华开启人生创业之路，开辟出属于自己的一片天地。

海阔凭鱼跃，天高任鸟飞。时代在变，随着改革开放的逐渐深入，我国的经济体制慢慢地完成了由计划经济向市场经济的转变，国有企业的生存空间在经济发展浪潮中越来越受到挤压。侯爱华向上级领导提出要对整个公司的体制进行改革，建议增加人手，丰富营销策略，但由于种种原因，都未能付诸实施。

1995 年，侯爱华乘着改革的东风自闯市场，想在刚开始建立的社会主义市场经济中开辟出属于自己的天地。初创时期，他筹集到两万元。由于自己的货量有限，他采取各种方法来吸引顾客，包括赊销一些，他尽量把地上的螺纹钢摊开摆放，以便客户选择。侯爱华为人忠厚，生意上童叟无欺，无论量多量少都会笑脸相迎、和和气气，再加上价格公道，很快占领了市场。

卫辉当时网络还没有普及，信息传输远没有现在方便。尽管地处县城，但侯爱华从一开始就重视信息的力量。他订了好几种钢材市场全国信息期刊，每天都在了解和研究钢材市场信息。为了把自己的公司推出去，他还在每期期刊上做广告。

大鹏一日同风起，扶摇直上九万里。卫辉毕竟是一个县级市，侯爱华很快就不再满足于这样一个容量有限的市场。在去新乡考察之后，他发现新乡市东区正在蓬勃建设中，于是决定在新乡再闯出一片新天地。果然，对钢贸生意已经轻车熟路的他很快在新乡打开局面，业务量迅速发展。与此同时，公司的员工数量迅速增长。这批早期的员工跟着他起早贪黑，艰苦奋斗，都为公司的发展付出了很多。公司那段成长的岁月也锻炼了这批人，这些人后来出来自己发展，都成为各级市场上的精英。

在井冈山革命斗争时期，毛泽东同志曾站在黄洋界哨口问一个战士从这里能看到哪儿。战士回答，能看到江西和湖南。毛泽东同志却说，站在井冈山，还要看到全中国，看到全世界。一个国家的胸怀关键在领导人的胸怀。同样，一个公司能走多远，关键在领导人能看多远。

新乡不是世界的尽头，大丈夫志在四方，世界这么大，作为一个生意人，眼光要放到全国。侯爱华在见识了大市场的能量之后，接着把目光瞄准了郑州。此时的侯爱华已经年近五十岁，有家人劝他歇歇，年龄大了该考虑休息了。每当此时，他都会露出标志性的笑容，他知道家里人是考虑到他的身体，但他更知道，历尽千帆之后，自己的身体里依然是一颗年轻的赤子之心。

为了更细致地考察郑州市场，他在当地借了一辆自行车，沿着外环路一公里一公里的记录、思考。考察完之后，他心里已经感知到，如果干好了，这里能干出比新乡大十倍的成就。确切地说，侯爱华在创业之初时的梦想就是能在郑州这样巨大的市场里面纵横捭阖，达到自我价值的最大实现。在注册公司的时候，侯爱华斟酌了很长时间。他想到了自己的过往，想到艰苦的童年时期、困惑的少年时期和守得云开见月明的青年时期。他觉得，是部队改变了他的命运，也锻造了他坚毅的性格。于是，侯爱华决定用“长城”来命名自己的新公司，以此来怀念自己那一段努力拼搏的军营岁月，也时时刻刻激励自己永远都要像一个战士一样勇往直前。

大丈夫志在四方，一个人的力量毕竟是有限的，企业作为一个经济组织追求的就是资源的最优化配置。

2005 年，在郑州创业的初期，由于人生地不熟，他有很多苦与难需要克服。当时，新乡公司的生意正如火如荼，根本抽不出来人手，临时招聘员工一时之间又找不到合适的。有一天，仅有的两个员工也有事出去了，侯爱华自己身上装着两部电话，谈业务、开吊车、开单子，靠一个人的力量竟然在一天之内卖出去 280 吨货。一个年过半百的“老人”那天在十几米的行吊车上爬上爬下，在旁人看来是有些心酸的。但回忆到这一天的时候，侯爱华却说：“其实也没啥！这跟我以前在卫辉时受的苦相比都不算什么，郑州起码是航吊起步，不像在卫辉时，都是把钢筋捆打开，然后靠肩扛手抬。”

最初，长城公司的地址是在南三环齐辉钢材市场。侯爱华在这里，遇到了商业道路上的第一次挫折。当时，郑州的房地产市场还在萌发之中，潜力远未被挖掘出来，钢贸行业的机会还没有到来，再加上所在市场位置偏僻，空间逼仄，导致生意一直不太好。侯爱华一度怀疑自己来郑州发展的决定是否正确，但反复思考之后，他还是觉得这一步棋肯定没错，只是需要一些时间。另外，他还反思了自己的生意模式。之前的生意，自己全靠维护客户来持续地推动业务的增长，也就是说主要在“卖”上。来到郑州之后，他发现这里的经济运行节奏较快，只要你货全且价格在市场平均价以下，客户都是自己找上门的，而且赊账的现象比在卫辉、新乡少得多。这个时候，业务的关键已经转到了“买”上，也就是进货。那个时候，钢材贸易在全国的市场化程度已经很高，价格每天都在波动，市场行情越来越不好把握。

“十波行情，你得能把握住至少八次，这样才能立于不败之地，特别是在当时钢材利润已经变得很薄的情况下。那个时候还没有期货，需要自己根据信息去得出结论。其实有期货之后也并不是人人都能看准的，我的经验就是得有自己的判断，不能人云亦云，跟在别人屁股后面做决定，那样永远也发展不起来。”提起当时那次思想的转变，侯爱华如是说。离过年还有两三个月，侯爱华提前关张了。回到家之后，他对家人说：“先总结经验吧！过了年之后好好干！”果然，不到半年，郑州市场热闹起来，良好的信誉加上薄利多销的销售策略迅速让公司在市场上有了一席之地。生意好的时候，装卸货物的车辆从公司门口一直排到郑尉路上，长城公司的发展进入了快车道。

一个企业的发展离不开人才。刚到郑州的时候，侯爱华就带了一个之前曾经跟随过他的年轻人。身边的人曾经劝过他，说这个年轻人有各种各样的不足之处。实践证明，侯爱华看人还是很准的。这个年轻人学习能力很强，很快就摸清了整个郑州钢材市场，对长城公司早期的发展起到了很大的作用。侯爱华说：“一个人的力量毕竟是有限的，企业作为一个经济组织，追求的就是资源的最优化配置。你用一个人，把他放到最合适的位置，然后让他发挥最大的作用，这样既壮大了公司，又让这个人得到了成长，我认为这应该是一个企业的终极价值观。”

商场的竞争说到底是人才的竞争。如何把人的潜力发挥到最大，这是管理学上的重要命题。公司经过几年的发展，积累了一部分资金，也培养出几个年轻人才。如何能让公司抓住机会获得迅速发展呢？这个时候，侯爱华想到了一个词，就是“责任”。没有什么能比担负起领导一个公司的责任更能激发一个人的潜力了。于是他找到一个最得力的业务经理，开始了发展分公司之路。具体做法是总公司出资开设分公司，分公司负责人一年之内将规定好的利润上交总公司之后，剩下的利润全部由自己支配。

刚开始很多人心里都没底，对此还有所怀疑。当第一个分公司的负责人年终算账的时候，才发现他们的领导为他们考虑之深远，实非一般人所能及。紧接着，第二家、第三家分公司次第开始运营。随着商业经验的不断积累，侯爱华对市场行情把握的水平也日益精进。2008 年，经济危机肇始之年，也是钢贸行业的灾难之年。在那一年，侯爱华与手下的总经理相互配合，在钢价暴跌之前完美地把库存抛售完毕，而后进行了几个月的零库存销售。长城公司就是这样在侯爱华的领导下，于市场危机中抓住了机会，强势崛起。

> 家人之间是需要有情感的交流，员工也需要归属感，能感受到家的温暖，春风化雨般帮助他们树立自律和守法的意识。

公司规模扩大之后，总公司加上分公司的员工越来越多。“要管理这么多的人，确实是一个不小的问题”。侯爱华说。在管理这一块，当过兵的他一直强调：公司一旦形成决议，下面的员工一定要保质保量完成。当然，地方毕竟不同于部队，侯爱华一直追求的一个目标是让员工在公司有归属感，能感受到家的温暖。

家人之间是需要有情感的交流的。侯爱华特别注重和员工们进行思想上的交流，特别是对年轻的员工。每当年轻的员工管不住自己，因为贪玩而耽误了工作，或者因为夜不归宿使自己身陷危险中，侯爱华一般采取恩威并施的方式，先进行严肃的批评，让他们意识到自己的错误以及可能导致的后果，然后再谆谆的教导，用春风化雨般浸润的方式帮助他们树立自律和守法的意识。当然，物质关怀是必不可少的，过年过节的时候，公司会为每一位员工准备粮油、水果等福利。

公司基本上每周都会开展“工作生活交流会”。每一名员工在会上都可以畅所欲言，提出自己对工作上的建议，自己在生活上有什么合理的要求也能提出来。侯爱华绝对算得上是一个合格的领导者，在布置和审查工作的时候他一丝不苟，但在开会的时候他会运用他的幽默感和亲和力让大家放下戒备，真正地去谏言献策。

在公司发展的初期，招聘员工主要靠亲戚介绍。用亲戚的好处就是知根知底，用起来放心，弊端是人员构成单一化，无法形成竞争氛围，管理起来有时候情面上也磨不开。现在，公司在人员录用上已经转变成了向社会公开招聘，原则是“公开透明、招贤纳良、能者居之”。长城公司一直怀着最大的诚意，渴望各类人才能来和公司一起成长。

当然，生意场上离不开朋友，侯爱华说：“做生意不是个简单的事情，需要和各种各样的人打交道。要想自己的生意能一帆风顺，就要在各个领域里交朋友，如公务人员、市场管理人员、各个级别的业务员，甚至是大车司机。只有多交朋友，你才能从各个方向获得信息，然后更好地适应整个社会的发展。”熟悉侯爱华的人都认为侯爱华是一个大气的人，一个幽默可亲的人，他待人接物不卑不亢的气质影响了年青一代的员工。曾经有一名员工的母亲感慨地对侯爱华说：“自从跟了你，我们家孩子变得文气多了、懂事多了。真是跟啥人学啥人啊。”

钱锺书说过：人生就像一本书，我们一大半作者只能算是书评家，具有书评家的本领，无须看得几页书，议论早已发了一大堆，书评一篇写完交卷。侯爱华算得上是那一小部分认真写自己书的人。能有今天的成就，他一定有自己的过人之处，他说他的人生信条就是：天道酬勤，厚德载物。“我这一生走到现在，首先靠的就是一个‘勤’字，小时候如果我不勤劳，有可能就生活不下去。在部队时，如果我不勤快，就不会被领导发掘，入党提干也不会那么快。在生意场上，如果我不勤奋，怎么能把生意做大做强？”侯爱华反问道。

而关于“厚德载物”，侯爱华说这来自他的家族传统。侯爱华的父亲侯清儒年轻时刚正不阿，是个认死理的人，年老时更是德高望重。十里八村的哪里要是有矛盾纠纷了，都会找到他帮助“裁决”和调解。乡亲们看中的就是侯清儒身上以德服人的品质和对所有人都不偏不向的态度。在这样的父辈的影响下，侯爱华打小无论做人还是做事都是规规矩矩，从来都远离那些违法乱纪的事情。

“有位经济学家讲过：从经济学角度讲，讲道德是对一个人绝对的理性选择，特别是从长远和宏观上来看。在社会上闯荡了这么多年，我对这样的理论深表赞同。确实如此，一个人有时候会为了眼前的一点小利益做出一些出卖朋友、扰乱市场的事情，但下一次呢？马云说要做一百年的企业，任何一个人要想把企业做成长久的事业，必须把企业的形象、领导人的德行放在首位，也就是我们说的厚德载物。”侯爱华说到这些的时候，神情严肃，一股长者的威严油然而生。

总是不敢放手是不对的，年轻人会比你干得更好，一个成功人最主要的特征就是能够支配较多的社会资源。

侯爱华说：“我一直觉得财富这种东西是属于全社会的。我现在所拥有的可能比一般人多点，但这是暂时的。资本逐利的本性决定了它在不停地寻找最适合它的地方，也就是利润最高之处。我这些年可能生意做得不错，资源聚集到了我这里。但假如我故步自封，停止学习，资源也会慢慢地离我而去。这是大道，任何个人也阻止不了这一趋势。”

这些年，为了不把鸡蛋都放在一个篮子里，侯爱华试着投资农业、网络还有金融等产业，虽然目前看来成果还不是特别显著，但他抱着淡然的心态，理性地看待那些起起伏伏。“对于任何一个市场来讲，信心是至关重要的。无数次期货市场的起伏，都是源于投资者信心的起伏。但长远来看，真实的供求状况还是起决定作用的。投资者一定要有定力，这样才能在风口浪尖屹立不倒。”侯爱华总结道。

天下事合久必分，分久必合。经营钢材这么多年，侯爱华带过不少年轻人。许多年轻人在长城公司历练过之后，都选择了自主创业。在很多人的眼里，这种行为多多少少都带有些背叛的意味。因为他们大多数来自农村，是长城公司把他们培养成才，开阔了他们的眼界，改变了他们的人生，但他们在羽翼丰满了之后，却选择进入市场与侯爱华和长城公司竞争。对此，侯爱华给了我们一个先是意外、后来又让人感到震撼的说法。

“其实我这辈子最成功之处就是带出了一批懂经营会管理的人。从整个社会来讲，首先我解决了这么多人的就业问题，这是我对社会做的贡献。其次他们每个人在开公司的时候，也会解决很多人的就业问题，那么这些就是我对社会间接做的贡献。每每想到这些，我就感到很欣慰。人生在这个世上，不能老想这个社会给予过你什么，而应该经常想你给社会贡献过什么。这不仅是个道德问题，更多的是个人尊严问题。”

不得不承认，每个人格局的差别是巨大的。侯爱华的这一番话，称得上是振聋发聩。说到公司未来的发展，侯爱华说公司的发展目标是多元化企业。在战略上，长城公司要建成基础型业务、合作型业务、投资型业务三大平台。人生如棋局，公司发展也是同样的道理，架构的科学程度决定发展力量的强弱。三大平台建成之后，可以相互驱动，实现公司总体实力螺旋式向上发展。

岁月不饶人，而今侯爱华已是花甲之年，精力肯定是大不如前了。侯爱华现在已经把权力逐渐移交给下一代。“总是不敢放手是不对的，年轻人会比你干得更好!”侯爱华笑着说。有了更多的闲暇时间之后，侯爱华最喜欢做的事情就是回老家看望自己的父母。“从哪里来?”是一个人的三大哲学命题之一。回溯源头，重回自己的出发点对一个人来说是至关重要的。夏日的傍晚，侯爱华漫步在老家的后院，这里有一片片浓绿的蔬菜和果树，这些都是父亲闲不住时种下的。跟父母吃顿饭，饭后一起看看电视上的地方戏，聊一些家常，这都是他最喜欢做的事情。很多时候，他感觉自己重新回到了五十多年前：傍晚吃饭的时候，年轻的母亲看了他一眼，然后把碗里的一块红薯夹给了他，让他赶紧吃。

对贫穷的恐惧和大家庭下亲情的滋养让他走到了今天。人生路上，没有什么退路的他时常告诫自己：要想成功，只有不懈地努力！在父母身边待上一会儿，他绷得过紧的神经就会变得松弛，继而就会获得某种重生的力量。这种力量推动着他继续前进，去取得更大的成就，去创造更美好的生活。

冲浪商海，一个郑州『土著』和他的倔强人生

——访郑州盛伟物资有限公司总经理　高伟生

走过四季轮回的二七广场，簇拥着城市发展的浪潮，身为一个老“郑州”，高伟生见证了这个城市从过去到现在的发展历程。收起了本地人的优越感，倔强的人生从此冲浪商海。如今回眸二七塔白天的车水马龙和晚上的灯火阑珊，他和这个城市相守相望。

16 岁参加工作，每月不到 20 元的工资，他无怨无悔、任劳任怨，一干就是数年。20 岁出头，远赴海南三亚、东北黑河、俄罗斯等地，做起了汽车配件、摩托车等边境贸易，赚得了人生第一桶金。这就是郑州盛伟物资有限公司董事长高伟生，用青春浪迹天涯，冲浪商海。

虽然东奔西走开阔了眼界，赚得了银子。但高伟生的内心却一直想着停下脚步不再流浪，拥有一家自己的公司，在土生土长的郑州发展。打定主意后，31 岁那年，高伟生注册了一家公司，从此与钢贸行业结缘。随后深耕行业 20 多年，成为一家集钢材加工、销售、配送于一体的大型钢贸企业的掌舵者。

只有默默无闻地用心去做好每一件事情，有一天终会功到自然成的，生命之舟将会水涨船高。高伟生带领盛伟物资公司经过艰苦创业，凭借多年积累的经验和诚信经营的原则，穿越了二十多年风霜雪雨，经历了两次大的经济危机和市场经济大潮的洗礼，为何还能够历久弥新，越战越勇？走近高伟生，聆听他在旅途中的创业和成长故事……

机遇总是垂青于有准备之人。没有韧性的把持或者没有坚持的等待，就没有机会看到旖旎动人的彩虹。

1964 年，高伟生出生在郑州市二七区一个普通家庭。20 世纪 70 年代末期，随着上山下乡运动的结束，社会上的很多待业青年在当时政策的许可下，在父母退休后办理了“接班”手续。

这种方式既可解决职工子女的就业问题，又可解决单位的人员短缺问题。一方面使年老退休职工得到了妥善安置，另一方面促进了劳动力更新，提高工人队伍素质，对提高劳动效率发挥积极作用。最重要的是，这一政策的实施，对减轻城市的就业压力，拓宽上山下乡知青的返城途径，维护社会的安定，起到一定的积极作用。

在这种社会大形势影响下，1980 年，16 岁的高伟生就接班参加了工作。“我记得特别清楚，当时月工资 19.5 元。但我除了正常上班，每天坚持在单位值班，这样就可以每天多挣 3 毛钱，每月值班费算下来就是 9 元，再加上每月表现好发放的几元奖金，这样每月能挣 30 多元，这在当时来说是一笔相当不小的数目。”回忆当年，高伟生依旧兴奋。

在那个计划经济的年代，工资到手后，家庭生活自然也要精确计划、巧妙安排，每个人都会精打细算地生活，量入为出成了高伟生恪守的一种生活准则。每日勤恳工作，争取拿到高工资是他最质朴的梦想。因为工作勤奋表现优异，高伟生被上级领导调到郑州市管城区物资局，成了一名业务员，就这样踏入了钢材贸易的大门。

此间，作为“城里人”，高伟生没有满足一成不变的“铁饭碗”，他抽空到海南海口、三亚购买摩托车回来销售，远赴俄罗斯做汽车配件贸易。走南闯北、风餐露宿、风雨兼程，高伟生很快赚得了人生第一桶金。

> 梦想像指南针，指引前进的方向；梦想像远方的灯塔，照亮着前行的道路；梦想像一艘船，载着你，迎风破浪，驶向胜利彼岸。

如果没有梦想，人和咸鱼有什么区别？有人安于现状、涛声依旧；有人继续哀叹贫穷、麻木不仁……但也有人在使劲折腾中，一步一步实现了自己的目标。所以不折腾，你永远都是“做梦君”。折腾，是对梦想的尊重。

性格决定命运。不服输的高伟生暗暗告诫自己，人生必须有梦想，拒绝平庸。1994 年，高伟生从原单位离职，成立了自己的钢材销售门市部。

一年多后，他不满足“小打小闹”。开始着手注册成立郑州市伟业金属材料公司，积极开展钢铁、板材、型材、建材的销售业务。

销售是需要技巧的，不管什么行业都是一样的道理。特别是钢材行业，应该掌握一定的钢材销售技巧。高伟生及时了解和掌握行业内的最新资料和动态，从其中的报价和差价等因素中找到销售的卖点。其实对于销售人员而言，要做好销售工作并不是那么容易的事情，需要学会很多知识，比如心理学、演讲、销售技巧等，这些都是需要通过书籍和实战来获得的。

平时，高伟生利用业余时间读书，从书籍中获得更多的知识。多总结和思考，并且尽可能多的参加钢铁圈内的培训和各种交流活动等，不断积累自己的客户资源、行业资料、专业知识和人脉，知识靠自己学，人脉只能靠真诚和努力一点一滴积累。

谈起当年初入行时，高伟生坦言：“做钢材销售要依靠强烈的责任心、事业心、丰富的专业知识，各种杂学都要略懂一二，要精力充沛，勇于承担责任，其实别的也重要，但绝没有这几点重要。销售是要靠业绩说话的，没有事业心，你干不了；没有责任心，你干不好；只有不断开阔眼界、锻炼眼力，精力充沛地面对繁杂的工作，勇于承担责任才能成长并得到信任。最后也是最重要的一点——诚实。以诚待人，对他人诚恳、对自己无愧，才能让你在这一行立足、干出名堂。”

高伟生带领公司一直秉承“让服务创造实际价值”的经营理念，以最好的服务赢得广大客户的依赖。并且一直以规格齐全、价格优惠、交通便捷为经营特色。坚持以客户至上为宗旨，信守合同、广开渠道、完善管理，向客户提供最优质的服务，最大程度使客户满意。二十多年来，郑州盛伟公司为河南及河南周边众多企业常年提供冷轧板，冷轧卷，镀锌板提供等各种钢材，提供对外开平加工服务，深受客户的青睐。

据了解，郑州盛伟物资有限公司常年与武钢、鞍钢、宝钢、安钢、邯钢、包钢、涟钢等大型钢铁企业建立了诚信合作关系，开业至今累计销售额近几十个亿，上缴利税几亿元，为地方经济建设和财税收入做出了重要贡献。公司先后多次被工商联、省电视台、省产品质监局、中钢网、郑州钢铁网授予“诚信文明单位”“信息合作单位”“诚信企业”“诚信供应商”“金种子百强企业”“价格采集诚信单位”“战略合作伙伴”“郑州市十佳优秀经营单位”“特殊贡献单位”等荣誉称号。

掬一捧朝阳，拂一缕轻风，一群年轻人在一起追梦，青春的气息激荡四溢，工作和生活相互交融。在盛伟，这是一方快乐的天地。

对于钢铁圈的人来讲，对下面这个段子应该非常熟悉：

不小心混进钢贸队，穿着名牌受着洋罪，一日三餐时间不对；陪客吃饭还要喝醉，挣点小钱还要交税，一点小事也要开会；每天到家很晚才睡，各种报表让人崩溃，每时每刻不离岗位；摸爬滚打终日疲惫，促销资源必须到位，到处要债回回落泪；无暇顾家愧对长辈，老板批评思路不对，顾客总嫌价格太贵；囊中羞涩见人惭愧，强壮身体已经作废，青春年华如此狼狈。

钢铁行业实在太累！但对于盛伟物资的员工来说，他们却一点都不感觉累。走进郑州盛伟物资有限公司，一股富有青春活力的气息立刻将人包围，无论是办公室工作人员，还是忙碌的市场销售精英，大家都非常年轻，而且脸上都洋溢着幸福和快乐！

高伟生说，公司拥有良好的经营环境，集聚众多高素质人才，下设开发部、业务部、财务部、综合部、生产加工部及加工车间。其中，加工部技术力量雄厚，人才济济，拥有员工 50 人，其中本科以上学历占 85%，有 10 人的研发团队，本着求实敬业、开拓创新的企业精神，在经营品种和经营规模不断扩大的同时，进一步完善自身的管理机制和管理模式，依托市场、整合资源、以务实的企业形象立足于钢材市场。

2012 年以来钢市阴霾笼罩，市场一片沉寂，靠着公司多年的“家底”、品牌效应和固定的客户，盛伟物资渡过了难关。“依靠产品质量、服务及品牌，我们维系了很多老客户，虽然不比往年，但是公司整体的经营情况还算可以。”高伟生十分自信。

谈起服务，高伟生说：“服务没有最好，只有更好。”盛伟物资自创办以来十分重视企业品牌的建设，在谈到如何打造企业品牌这个话题时，高伟生首先强调的就是服务。钢贸企业本身就是服务钢铁行业上下游的，在市场经济越来越发达的今天，服务更是一个企业取胜的关键。

“细节决定胜负”，高伟生认为，不管是从企业的内部管理，还是从外部的市场营销、客户服务来说，任何一个细节都可能关系到企业的前途命运，因此不可轻视。从内部服务来说，盛伟物资给员工创造和谐的工作氛围、提高工作效率就是有效的服务。尤其是随着企业的发展，员工越来越多，部门分工越来越细，部门之间需要衔接协调的地方越来越多，这种服务就越来越被需要。

在外部服务上，盛伟物资将诚信放在了首位。他说，自己作为郑州的本土企业，不能像个别外来的企业一样，只为挣钱，更要考虑如何为本土的客户提供更好的服务。现在盛伟主要服务的对象是终端用户，他们强调的是“贴心式服务”。比如对于客户指定的货物，盛伟会站在客户的角度，用自己的专业性知识和经验为他们提供更好的建议，供客户参考。

处处留心皆学问，专业才能优秀，优秀才能卓越。“现在是细分时代，你在一个行业一个产品上不能做到连细节都是专业的话，你根本谈不上和客户对话，客户基本上都是专家，两句话，人家就识破你，所以必须要重视每个产品的细节，将每个订单的细节尽可能做到尽善尽美。”高伟生说。

谈到二十多年来，盛伟物资从无到有，从小到大，由弱变强的发展经验时，高伟生感慨万分。他说：“企业发展到今天，离不开盛伟物资众多客户的支持和朋友的帮助，也离不开公司每一名员工勤勤恳恳地踏实工作和对公司、对客户始终如一的工作热情。这样，盛伟物资就形成了一种与客户共存、共赢的良好氛围。”

挣钱不易是个永恒话题，市场经济从感性时代迈入理性时期，面对激烈竞争，努力和拼搏，然后让一切顺其自然。

现如今，我国钢铁贸易流通行业已经步入了微利时代，许多钢贸商的日子很难过。高伟生认为，这个行业已不是一个资金多、渠道多就占优势的时代，在目前的市场环境下钢贸商必须学会创新，学会应变，只要找对了方法和路子，企业仍能得到很好的发展。适者生存，在经营思路上，盛伟也做了一些改变和调整。高伟生说，当钢市环境不太好，钢价不太稳定时，公司会改变经营策略，库存量基本都是根据客户的订单量来制定，保证客户日常用货便可，储存过多的钢材反而压力会比较大。

一般民营企业只有 3 ~ 5 年的生命周期，而盛伟物资公司已经走过了 20 多年的历程。盛伟人把这种经营思路叫作“瘦身保暖”，就是只做自己熟悉的领域，从不扩张。看到别人赚钱也不贸然跟进，目标就是做行业的常青藤，永葆公司的青春。凭借多年积累的经验和诚信经营的原则，如今盛伟物资公司每月销售钢材 6000 吨，销售范围遍及 10 多个省市级地区。

如何让企业更具有竞争实力？依托钢铁贸易，做钢铁加工成为了盛伟公司的首选。纵剪分条、开平加工及仓储、配送一体化等钢材延伸服务，使得盛伟物资一次又一次克服发展过程中遇到的困难，走上了发展的快车道。

风霜雪雨，斗转星移。如今 50 多岁的高伟生依然精神抖擞地奋战在钢材贸易的前沿阵地上。他感慨地说：“我从来没有感觉到累，因为我热爱这个行业，不来公司，我就会失落。我们的公司和其他兄弟单位相比，还有很多不足，我会积极努力。”高伟生说，面临着钢铁贸易行业发展的新机遇与新挑战，盛伟人从未停止过前行的脚步。随着经济的发展，现代钢铁物流业已经开始取代传统钢铁贸易和物流的模式，成为钢铁企业、钢铁流通企业保持健康快速发展的新态势。

对于未来，高伟生说自己没有太多的规划，只希望公司能够可以在稳定中得到更长足的发展，向客户提供真正有价值的服务才是他们根本的目的。高伟生充满憧憬地表示：“我们将坚持‘诚信经营，追求卓越’的理念，遵守‘质量最高，价格最廉，服务最优’的承诺，本着双赢的原则，以质量求生存，以服务争市场，以管理谋效益，以创新促发展，与客户一起走向成功。”

百炼成钢，把生活的苦酿成咖啡，变身『奥特曼』

——访河南泰通管业有限公司董事长　郭培楷

从农家苦孩子到商海精英、从青涩少年到成功企业家。寻梦二十年，郭培楷一步一个脚印，坚守梦想，初心不忘，不惧苦难，百炼成钢，用勤奋、朴实、厚道铸就了河南钢铁行业的伟岸脊梁。下一个十年内，他希望可以培育出20个千万富翁，100个百万富翁。

1998年，他怀揣梦想，独自一人背上行囊来到举目无亲的河南省会城市郑州，花费第一个十年，创立河南泰通管业有限公司。用户遍及河北、山西、陕西和安徽等地，并且与众多优秀的大型钢材贸易商建立了友好合作关系。又用一个十年，他的公司发展为集钢材销售、仓储、配送为一体的大型商贸企业。他给自己定下目标，下一个十年内培育20个千万富翁，100个百万富翁。他就是河南泰通管业有限公司董事长郭培楷。从1998年到2018年，二十年间，他一步一个脚印，坚守梦想，初心不忘，不惧苦难，百炼成钢。

从瘦弱的时光中蹒跚走过，在弱不禁风的年华里，艰难行走在充满苦难和坎坷的路上，他一路风尘仆仆地抗争和摸索着，只期许可以平常的生存。

“天将降大任于斯人也，必先苦其心志，劳其筋骨，饿其体肤，空乏其身……”每个成功者的背后，都有一段坎坷的经历。1979年，郭培楷出生在河南省新乡市延津县一个普通的家庭，父亲是教师，但工资比较低，母亲身体不好，家中经济条件一般。郭培楷还有一个哥哥，弟兄两个上学的学费都是靠自己卖冰棍、爆米花等挣的钱。

生活就像一杯茶，不会苦一辈子，只会苦一阵子。困难的家庭条件没有让郭培楷一蹶不振，他在父亲的教导下非常争气，养成了做事认真、踏实、为人厚道、善良的品格。

那时的郭培楷还不知道“厚德载物”的真正意义，只知道人要有好德行，做人厚道，方能得到别人的尊重。要多存善心，多行善举。

人生需要磨砺，磨砺使人成长。少年的郭培楷经历了同龄人没有经历过的生活。有一次下晚自习，天黑路滑，他不小心掉到路边的大水坑里，差一点被淹死，最后还是自己抓住树根爬了上来。11 岁时，他乘三轮车去送热水，途中不慎翻车，一壶滚烫的热水浇到身上，他被重度烫伤，不幸中的万幸是没有被车上的钉耙扎住，要不然性命不保。

还有一次，他顶着烈日酷暑在棉花地里打药，从早上一直干到下午一点多，又困又累时弯腰提水，喷雾器中一满桶农药水倾头而下，浇遍全身，造成急性农药中毒，当时郭培楷爸爸用架子车拉着他一路狂奔到医院，才把他抢救了过来。穷人的孩子早当家，生活的重担过早地压在郭培楷稚嫩的肩膀上，初中毕业，郭培楷就没有再上学，15 岁的他去建筑队打工，害怕工地不收童工，他隐瞒年龄说自己 18 岁了。

山西大同偏远山区的工地，山峰巍峨。郭培楷无心欣赏，他的任务是用钢钎打石头、背石头。大锤震得虎口发麻、发肿，常常手抖得拿东西都拿不成，无法端碗吃饭。往山上背钢筋时，一根钢筋近百斤，压得他步履踉跄，有几次险些坠下山崖，繁重的体力劳动让他累到吐血。

高尔基说：“苦难是一所学校，从这所学校里毕业的学生，往往是最有出息的人才。”只有知道生存的艰难，才能够坚强勇敢。在艰苦的环境中，郭培楷没有消沉，没有抱怨，更没有被困难压倒，反而把这些当作对自己意志的考验，依靠勤劳和汗水开辟新的人生和事业前程。他认为每段工作经历都是人生的宝贵财富，特别是到艰苦的环境中去，才能激发个人潜能，才能得到历练和积累。

就这样干了两年建筑工后，郭培楷去了新乡一家钢管厂。在钢管厂，郭培楷在工作之余如饥似渴地学习技术知识，潜心钻研工艺流程，为他今后的人生道路打下了基础。然而，命运总是考验着郭培楷，一个冬天的早晨，工友骑着金城 125 摩托带着他去上班，工友眼看快迟到了，便猛踩油门一路狂奔。当时路面积雪没有消融，雪后大雾蒙蒙，这辆摩托在拐弯上桥时突然失控，连人带车从几十米高的桥上栽下去，郭培楷当时满脸是血、不省人事……路人紧急拨打 120，几次紧急抢救把他从鬼门关拉了过来。

一朝被蛇咬，十年怕井绳。直到现在，郭培楷看到摩托车仍然心有余悸，两腿发抖。随后在车间里干了半年，这家工厂就倒闭了。他又去了河北衡水建筑工地，当时包工头承诺管吃管住每天给 8 元钱，但干了几个月遇到包工头刁难，说他吃得太多，不仅克扣，还拖欠他工资。

眼看春节就到了，奋战在天南海北的人们都踏上归途回家团聚，而郭培楷却衣着单薄，蜷缩在包工头家门口，盼望包工头给自己工资回家过年。包工头发现了他，对他破口大骂，围观的街坊四邻以为郭培楷是来闹事的坏人，也跟着起哄骂郭培楷。最终，郭培楷哭着离开了。

回到家里，村里媒人见郭培楷小伙子人长得不错也到了谈婚论嫁的年龄，便撮合他去邻村一个有着三个女儿没有男孩的家庭去做上门女婿，没想到却遭到郭培楷的断然拒绝。他认为自己是个顶天立地的男子汉，上门女婿也就是“倒插门”，对他来说是奇耻大辱。要工钱险被打，又遇“应征”上门女婿，19 岁的郭培楷十分郁闷地过完了这个春节，同时决定去省会郑州闯荡。

没有目标，没有送别，把所有的迷茫装进行囊里，稚嫩的肩头扛着父母的希望和自己的未来。郑州街头，从 7 元到 5 元。他励志，把生活过成加法！

1998 年正月初九，人们仍沉浸在戊寅虎年春节浓浓的节日气氛中，而 19 岁的郭培楷已经出发了，他背着小包告别了延津故土，来到举目无亲的郑州。一身皱巴巴的旧西装、磨出线头的毛衣……郭培楷的装扮和《平凡的世界》中主人公孙少平在黄原大桥揽工时一样。生活可以艰苦，但书不能不读，郭培楷也喜欢看书，这次来郑州他包里也装一本书，书名是《空手道》。当时谁也不会料到，正是这本书，改变了他的命运，也改变了他家族的命运。

夜幕降临，郑州汽车北站，郭培楷兜里只有 7 元钱，正考虑怎样过夜的他见到一老太太向他走来。老太太一脸愁容地说自己女儿走失，为了找女儿一天没吃饭，好心人行行好吧，给 2 元钱买碗饭吃。郭培楷见当时汽车北站热干面大碗 2 元，小碗 1. 5 元。他就心里一热，给这位老太太 2 元钱让她吃碗面。但这位老太太接过钱没有去吃面，反而转身又向其他人要钱。

郭培楷感觉自己上当受骗了，但他没有斤斤计较而是选择了宽容，也许那位老太太真的缺钱。就这样怀揣着剩下的 5 元钱开始闯市场。白天，他在各工地、钢管厂转悠，看哪里招人；夜晚，屋檐下、桥头旁都成了他的栖身之处。

凭着自己在新乡钢管加工厂丰富的工作经验，他去了几家工厂应聘，一家工厂听说他懂工艺、还会计算成本，便让他来试试。老板试探着问他，一个月给他开 500 元钱工资怎么样？郭培楷说，自己已经发誓这辈子不拿死工资，只靠销售提成，凭本事吃饭。

刚开始跑销售时，身上的 5 元钱很快所剩无几，没钱买饭，饿极了他就翻垃圾桶找吃的。郭培楷记得在郑州 29 路公交车站，一位乘客买了烧饼夹豆腐串，边走边吃，可能嫌不对胃口，咬了几口就转身扔到垃圾桶里……饿了几天的郭培楷也顾不上面子，捡起来就吃。

就这样，他迈开两条腿每天在工地转悠，看哪里可以卖掉钢管。郭培楷永远记得，自己第一笔业务是在东风路与文化路交叉口（现在金水区政府）旁边的一个工地上开始的，他跑了好几天，感动了工地负责人，负责人说你给你们老板打个电话，先准备一批货吧。

欣喜异常的郭培楷便想立即告诉老板，但当时没有传呼机和手机，只好去街头打公用电话，一摸口袋，只剩下两毛钱，电话是五分钟三毛钱。他又不好意思开口借钱，便决定从农业路徒步走到航海路工厂向老板汇报，再徒步回到东风路工地，这一来一回就是二十多公里，直到天黑郭培楷才到工地。到工地他发现已经有别的钢管厂家正卸货，显然自己的第一笔生意黄了。他委屈地哭了，工地负责人得知他的辛酸经历，出于安慰他，便决定再破例买一小批，也就是 50 根钢管。

50 根钢管，每根提成 2 元，第一笔业务赚了 100 元，付过三轮车运费的 20 元，郭培楷就剩 80 元。在 1998 年这个正月，他拿着自己赚来的 80 元无比激动，到工地附近的白记烩面馆要了一大碗烩面风卷残云般下肚，连汤都喝了个精光。真好吃！真幸福！那 80 元钱，对于几天没有吃饭的郭培楷来说，就是救命钱。郭培楷说，今天就是一个单子挣 80 万元，也找不到当年那种幸福开心的感觉。

第二天，他到北下街花了 25 元钱买了一辆二手自行车，没有闸、没有铃、轮毂也变了形，这就是他第一辆交通工具，但他已经很满足了，因为跑业务，这比走路快多了。夜幕降临，郭培楷租下了一间靠楼梯的小窝，一个月 60 元钱租金，因为钱不够，他先付房东 20 元，剩下的慢慢交。花 17 元钱买了个所谓的“军用被子”，但时间证明，里面是纯黑心棉。

尽管春寒料峭，但大地正在酝酿着下一个春暖花开。一切苦，对于穷孩子郭培楷来说都不算什么，他坚信：勤劳和汗水是成功的基础。那时他不懂套路，就一个勤快、实在。骑着自行车背着 6 米长的钢管满郑州跑，大街小巷的五交化店或工地，只要对方要货，一根钢管也送货，所有的用户都被他的勤快所感动。

由于进展顺利，跑业务的第三个月，他就花 600 多元买了传呼机，当年年底就买了手机。人穷志短，马瘦毛长，他连续几年春节没有回家，想家了就打个电话，母亲在电话那头，思儿心切痛哭流涕，他在电话这头思念家人几度无语凝噎。

时间大踏步向前，青葱岁月里，他不敢奢望爱情，但缘分这东西谁也说不清。2002 年的阳春三月，和他同租一层楼的大学毕业生祝瑞娜非常欣赏他吃苦耐劳的精神，少女的春心萌动让她越来越关注这个厚道、朴实的男孩，一来二去，两人难舍难分，如胶似漆，很快到了谈婚论嫁的阶段。尽管郭培楷家庭条件很不好，没有三金、没有房，甚至连婚礼都没有举办，就领了个结婚证，但祝瑞娜毫不在乎这些，在2003年义无反顾地和他走进了婚姻的殿堂。

郭培楷是有担当的男人。2004年，郭培楷办了三件大事，孩子出生，花6万元买了第一辆面包车，在金色港湾买了第一套房。买过车、买过房之后，郭培楷向妻子提出补办婚礼，但同样朴实的祝瑞娜说，仪式并不重要，幸福是靠日积月累的经营，不是说仪式好了，生活就幸福了，相信咱将来的日子会很好。孩子他妈的话虽然不多，但让郭培楷非常感动，立志要让妻儿过上更好的生活。

曾经“移情别恋”羡慕别的行业，有过盲目和冲动。当一次次失败后，他决定选择坚守，并发誓做大做强，凭借“靠谱”加持，开启360度的钢铁天下。

2005年，全国钢材贸易市场不景气，郭培楷转行开始做白酒，代理贵州安酒、西凤等品牌，但因为合伙人没有质量观念，导致客户投诉太多，因此很快走向倒闭，这次创业失败让他一夜回到解放前。最困难的日子，他都是一个人担着，在外受够白眼、委屈，回到家里依然笑容满面。他认为作为一个男人，永远要把痛苦藏在宽厚的胸膛里，用微笑面对家人。

2007年是最困难的一年，为了让家人宽心，郭培楷仍然开车拉着妻儿去八里沟景区旅游。在风景秀丽的景区，他独自来到一个小山头静思了半个小时，把来郑州这七八年的经历如同电影一般进行回放：成功的、失败的、欣喜的、痛苦的。

苦思冥想了半个小时，他总结出了老家的那句名言“隔行不取利”。2003年，跑溜冰鞋、服装，赔了改做白酒，结果又亏了。做钢管生意尽管市场起伏不定，但自己从来没有赔过，所以还要做回钢管生意。他认为：一生做好一件事就行。哪怕世界上剩下最后一家钢铁公司，郭培楷希望是自己的公司。

2008 年 5 月 7 日是一个值得纪念的日子。郭培楷把全款房、车全部抵押，注册成立河南泰通管业有限公司。公司刚成立不久，就遭遇 2008 年金融危机，行业一片萧条。但郭培楷这样想，凡是危机都有两面，危险与机遇并存。抓住了就是机遇，就有可能获得成功。

钢材从 6000 元一吨跌到 2900 元一吨，跌到谷底。但郭培楷没有放弃，坚守市场迎来转机，三个月挣回 80 万元。为了把公司做大做强，从来不喝酒的郭培楷第一次喝醉了。他通过朋友在郑州商业银行文博支行贷款 100 万元，但找不来人担保。面对信贷部主任的质疑，他交出手机，说手机 1100 多个联系人，你随便打，问我的朋友看我值不值 100 万元。

信贷部主任就拿起郭培楷的电话关起门来，挑着打了几个电话，然后放下电话说："你郭培楷口碑果然不错啊！"为了表示感谢，郭培楷请他们去夜市吃饭。为了考验他，信贷部主任说："都说你不能喝酒，你把这一罐 330 毫升的啤酒喝了，就给你放款。"

从来没喝过酒的郭培楷一口气喝完了，十分钟不到就趴到桌上醉得不省人事。同行的朋友拿起矿泉水一边帮助他醒酒，一边拨打 120，急救车开来后，郭培楷才从昏睡中醒来。见他如此实诚，信贷部主任便通过自己的朋友将其资产进行抵押，为他发放了 80 万元贷款。

人无信不立。由于郭培楷在业界的良好信誉和口碑，银行慷慨解囊。他第二次、第三次向银行贷款 200 万元、500 万元都非常顺利。第三次向银行申请 500 万元贷款时，银行直接批准了 1000 万元。郭培楷纳闷地说自己明明申请 500 万元，为何给我 1000 万元？银行负责人说相信你的口碑和能力。

但郭培楷的经历并不都是一帆风顺，更有惊心动魄。有一次，为了扩大生产线，他向银行贷款一年期 2000 万元。由于政策变动，郭培楷经历了重大危机。那天晚上与银行行长交谈，对方把脸一拉说，一年期贷款改成九个月了，也就是说必须二十天之内还款 2000 万元。

郭培楷愣住了，这可怎么办？短时间上哪去筹集这2000万元？当时账上就几百万元，怎么也筹不够啊。郭培楷夜不能寐，他手机上两千多个电话号码，每天翻几遍，看谁能借钱？听说拜佛灵验，心急之下，他跑到无锡灵山大佛寺拜佛。离最后还款的日子越来越近，但缺口仍然巨大。郭培楷的表哥给他出主意，实在没办法就群发借钱短信吧，现在考验真朋友假朋友的时刻到了。

听了表哥的话，他就群发了170多条借钱短信。国难显忠臣，乱世出英雄。收到短信，郭培楷三十多个朋友纷纷打电话过来询问情况。得知平时厚道的郭培楷遭遇困境，生意场上的朋友纷纷伸出援助之手，康华的老板直接借给他300万元，有的老板借给了价值200万元的货，更有老板没有见面就直接给他转账500万元。

雪中送炭、扶危解难，郭培楷感动得泪流满面。患难见真情！这就是郭培楷的口碑。终于在规定时间内还上了2000万元，行长说：“郭培楷，事实证明，你经得了考验，你是好样的！”

2013年，河南省电视台旁边一处工地招标，需要几家钢管供货商供货，接到邀请，郭培楷应声前往。走到负责人办公室门前正准备敲门，见门是虚掩着，他透过门缝听到两个人在对话，负责人说：“钢管就别招标了，就让小郭供吧，他傻乎乎的。”

听到有人在背后这样说自己，他有一种说不来的感觉。高兴吧，却听别人说自己傻乎乎的；不高兴吧，负责人已经说不招标让自己供货。事后，郭培楷与这位负责人说起了这件事，对方说，不能让老实人吃亏。

郭培楷公司是天津君诚镀锌管、衬塑管、涂塑管河南总代理，邯郸天创镀锌管、焊管、螺旋管郑州总代理，并且与众多优秀的大型钢材贸易商建立了友好合作关系。如今省外用户涉及河北、山西、陕西、山东、安徽等地，公司优质的服务得到了广大客户和合作伙伴的认同。

“未来十年，要培养20个千万富翁，100个百万富翁！”这只是一句话，却需要用豪情和实力呐喊，快速发展的郑州，可曾记得21年前那个瘦弱的身影?

要想富口袋，首先富脑袋。郭培楷知道自己只有初中文化水平，远远适应不了新时代需要，为此他不断充电，先后参加了北京大学EMBA、郑州大学、美国商学院等知名培训机构培训班，四年间花在培训上的学费不下200万元。

郭培楷说，最大的感触是无知，没文化真可怕，所以要不断学习。因为自己学历不高，在创业中不少碰壁，报一个课程几十万元，“当时很多人不理解，我虽然说不上来学习具体有哪些好处，但我知道通过学习，在公司发展中遇到问题时能想起很多老师讲过的案例，别人走过的弯路你没有走，那就是捷径。”谈起学习，郭培楷如是说。

在郭培楷的带领下，尽管钢铁市场起伏不定，但他的公司经营一直很平稳，公司业绩在其代理的主要品牌的全国300多个代理商中稳居前三。要想成为高手，必须先靠近高手。这是郭培楷通读《空手道》时总结出来的。他说无论再忙，每个月都要拿出几天和同行翘楚进行交流，尽管参加了EMBA深造，但课堂上教的多是理论，同行老板讲的才是实战经验。如河北一位老板，资产从2000万元到20亿元，只用了5年时间。他告诉郭培楷，人生，一命二运三学习。先天学历不重要，学力最重要。不管在什么行业，必须做精，成为这个行业的专家，想不挣钱都难。

郭培楷十分懂得感恩，在2010年制订公司五年规划时说，公司中层以上员工，保证在郑州有车开有房住，2015年时90%的人实现了这一目标。

“品质铸就品牌，诚信成就未来。”公司在集团董事长郭培楷的带领下，以科学发展观为指导，走新型集约化、规模化道路，不断增强企业核心竞争力，不断实现企业创新和战略升级，为实现中部崛起而不断努力。

郭培楷说，“现在不止挣钱，更是一种使命。几百人跟着我，我有一种强烈的使命感。在我们企业文化的第二条有这样一句话：未来的十年，公司培养20个千万富翁，100个百万富翁。现在只是刚找到了方向，万里长征才刚迈出第一步，不管未来如何，我郭培楷誓死不投降。”

自信人生二百年，会当水击三千里。这就是郭培楷。从1998年到2018年，二十年风霜雪雨、晨昏交替，从农家苦孩子到商海精英，从青涩少年到成功企业家。他坚守梦想，初心不忘，不惧苦难，用勤奋、朴实、厚道的品质铸就了河南钢铁行业的伟岸脊梁。

根根过硬！从开封到郑州，他用25年描绘钢管宏图

——访河南大丰实业有限公司董事长　韩成法

韩成法属于拥有高学历且睿智的人，他毕业于河南大学中文系，科班出身的他当过老师，后来下海经商。韩成法在河南的钢铁行业深耕二十多年，在河南市场拥有60%以上的市场占有率，现如今，他创立的“大丰方管”早已家喻户晓。

办公场所高端大气、各类钢材堆积如山、车来车往忙而不乱……这是对位于河南郑州的一家钢材公司——河南大丰实业有限公司的初步印象。在很多外行人看来，钢铁贸易是个“粗大笨”的行业，能有个管理精细且高学历的老总当属新鲜事儿。

从师范生到中文系，学历和专业最终没能让他成为一名手端“铁饭碗”的公家人，一个偶然（仿佛也是必然）的机会，开启了他的“方管人生”。

八朝古都开封，人杰地灵，才子佳人济济。在宽敞的办公室，环绕着清香扑鼻的普洱茶，韩成法聊起了他的过去、现在和未来。韩成法于1962年出生在开封郊区一个农民之家。1980年考入开封师范，毕业后成了开封一名小学教师。

“家有三斗粮，不当孩子王”。当时教师地位低，连女朋友都没人愿意介绍。看到这种情况，韩成法很是不甘心。1983年，通过努力考入河南大学中文系，1987年毕业后分到开封二轻干部学校，成了一名中专教师。

1993年，因为改革，学校被解散，教师全部分流，因为韩成法有讲师职称，学校将他分到开封钢窗总厂担任副厂长。但韩成法却不想担任这个职务，他说自己从20岁开始教学从未进入工厂门，担心能力有限管理不好，不想去上任。当时学校书记找他谈话，未果，就下了死命令，限他1993年5月20日前必须上任，否则就调离。

韩成法的哥哥是开封二轻供销公司总经理，得知此情况后，便同意了他调离的想法，支持他做生意。1993 年 5 月，韩成法在哥哥的指导下，正式开始涉足钢材生意。刚开始没有启动资金，哥哥给他垫付了一万五千元，韩成法自己东拼西凑借了一万五千元，就这三万元租了两间房开始干。韩成法说，当时安装一部固定电话花费五千六百元，再支出房租后就剩下一万八千元的流动资金。

1994 年 6 月 1 日，韩成法成立了开封大丰物资有限公司，他的钢材生意在古城开封正式开业。当时资金实在紧张，钢材三四千元一吨，一万八千元进不了几吨货，但是韩成法赊账进了十来吨货开始卖。这一次，他一下子赚了十二万元。

赚到人生第一桶金让韩成法有了底气，开始在开封扩大钢材生意。韩成法通过走访发现，当年开封的人都去长葛拉货，他到长葛调查发现，长葛竟然是从唐山进货。于是他和哥哥公司的一个科长来到唐山，发现价格真低。便决定从唐山拉货。当时因为信息闭塞，韩成法采取唐山进货开封销售的模式干了三年，赚了个盆满钵满，在开封开了三个门市部，员工二十名，以傲人的销售业绩雄霸开封钢材市场。

2000 年，韩成法敏锐地认识到开封市场已经饱和，因为开封的工业越来越少，市场近于饱和。他就开始思考怎样扩大市场。2002 年 6 月 20 日，韩成法拿着 70 万元资金来到郑州新郑路 40 号，开始进军郑州钢材市场。经过考察，他发现郑州方管少，就专卖方管。为了扩大知名度，他在所有的钢材行业杂志都做了广告推广，并且基本都是占领封面。当时最贵的一期封面达到了一万七千元，但韩成法认为非常值得。就这样，当大部分同行都不在意广告推广威力的时候，韩成法已经成了钢铁市场的“网红”，占领了钢材市场的半壁江山。

“广告推广到什么程度？让人一提到钢管，就想到我的大丰。”韩成法说。2004 年，随着郑州生意扩大，韩成法关停了开封的公司，在郑州市南三环租了一个二十多亩地的大院。当时很多同行都没有这样的气魄。二十多亩地，一年一亩一万元，光租金一年二十多万元，韩成法直接租下来，这就是他区别于同行的眼界与境界。

“诚实和守信是中国文化的精髓，立诚，则行天下；守信，则强天下。”韩成法始终认为，市场利润和企业诚信其实就是眼前利益和长远利益之别，在一个合作双赢的商业时代，诚信的缺失可能带来眼前微小的收益，但失去的却是整个未来。他说：“以诚相待、以信相交是我坚持不变的原则，我希望能和身边的每一个人做朋友，做生意也是如此，用信誉赢得客户。”

始终把信誉视为生命，从“大锅饭”到“分餐制”，从粗犷式经营到精细化管理，韩成法带领着河南大丰描绘着他人生中的钢铁芳华。

凭着独到的管理和优秀的信誉，韩成法的钢材生意几乎没有亏损过。回忆起这几年我国钢材市场价格的大起大落，韩成法总结到，失败的企业都有相同的死穴：一是本身没有钱；二是心里太浮躁；三是拿钱投别的。

一位著名的投资大师说过，坚决不要投你不懂的行业。“专业人做专业事”是韩成法秉承的原则。与此同时，韩成法二十多年来靠信誉积累了一大批稳定合作的客户，所以市场经济的大潮对他基本没有影响。谈起成功的秘诀时，韩成法说：“我把信誉视为生命，从来不做投机生意，按部就班、踏踏实实，能做多大做多大，不欠账，没有经济纠纷。”

据韩成法介绍，目前河南大丰实业有限公司旗下的子公司在郑州、邯郸、陕西韩城三大片区拥有相当高的市场覆盖率。而且，公司将继续拓展河南全省及周边地区的市场，邯郸市丰之源钢管有限公司可以辐射到华中、华东片区，陕西丰之源秦都钢管有限公司可以辐射西北、西南及华中片区。这么做的目的是在加强传统业务的基础上，争取把公司所经营的各种管材品种做到细分化经营、周到性服务，也让每个子公司在销售半径内更加快捷高效地运营。

河南大丰实业从开始成立到现在，始终以经营各类管材为主，公司发展到现在，其中经营方管、矩管颇有名气，之所以在公司发展的扩张期没有涉足其他钢铁品种，是因为他想把企业做出专业、做出特色，如此有利于在中下游用户群里树立企业较为鲜明的品牌形象。

如今的钢铁生意从过去的感性经营发展期到了理性经营期，经营成本的增加，利润空间的缩小，这些都让钢铁企业面临着一轮又一轮的洗礼甚至是洗牌。做自己最熟悉的品种，才能做到有的放矢的经营和控制企业发展的步伐。成立新公司目的是，让公司继续围绕管材品种做文章，把过去的“大锅饭”改为现在的“分餐制”，每个子公司都独立拥有较为明显的特色经营品种，各公司之间的货物配送、仓储管理等实现集团化管理、分散式经营的目的，在市场销售过程中，可充分满足用户对分类品种的需求。

要想富口袋必须先富脑袋，“员工闲了，老板就忙了”，只有培养一支强大的团队，才能让老板“闲庭散步、茶香四溢”。

在企业创办之初，韩成法本着“以人为本、诚信创新、服务领先、追求无限”的核心理念管理企业。这几年，河南大丰实业有限公司迅速发展成为业内知名品牌，这与公司完善的目标管理体系及全体员工的努力分不开。

目前，河南大丰实业有限公司拥有员工90余人，公司的员工队伍也会越来越壮大。韩成法介绍，每一个子公司都有一位经理负责，并制定出年终的销售考核目标。四个子公司都有集团供应部统一进货。每天早上八点，四个子公司和供应部的经理准时召开视频会议，根据每个子公司的销售情况，在上午9点前开始与厂商联系进货。每天晚上下班前，各子公司经理会把库存数据统一报到集团供应部。目前从天津友发、天津源泰等钢厂进货比较多。

韩成法说，“公司每周、每月都会召开产品分析会，每半年都会进行业绩评比并实施团队奖励；公司有日报、月报，每年定的销售目标都会在上一年度的基础上增加15%～20%，如果哪个分公司超额完成了任务，相应的奖励也就越高。”在生活上，公司还给予员工住房补助等，通过各方面的激励措施留住员工的心。

要想富口袋必须先富脑袋。韩成法非常注重学习，这么多年来他一直没间断过学习，早在2005年就去北大、清华读EMBA，经常聆听美国杰姆斯的课。光他自己学习还不行，他还让管理层甚至员工必须学习，保持同步进步。韩成法每年都要派出公司的中层外出培训管理和销售知识，每人每年花费都在五六万元，同时他将会议室改装成电教室，经常请老师前来为公司人员培训，培训内容涵盖人员销售礼仪、仪表仪容和管理常识等。

在公司管理方面，韩成法花费巨资引进一套独特的管理制度，激励着员工奋力开拓市场。在福利待遇方面，每年评出的销售冠军和利润冠军可以带着父母出国旅游，目前几批已经到过埃及、泰国、新加坡、马来西亚等地。韩成法说，在我们公司业务员地位最高，全公司都要为业务员服务，因为业务员的工作关系公司生死存亡，我定期亲自主持让业务员无记名投票决定财务人员、甚至总经理的年终奖金和外出旅游名单，这样业务员才会在家有底气、外出有干劲。

公司所有员工都是礼貌待人，公司非常注重产品售后服务质量。公司坚持以市场为导向，依靠诚实守信的经营作风，真诚服务于广大经营和使用单位。公司以“至诚至信、至精至美”为服务信条，构建一个高效、专业、迅捷的服务平台，不断优化和提高服务水平。从公司销售出去的产品一旦出现质量问题，总是第一时间帮助客户解决问题，只要不影响第二次销售的情况下，包退包换。因此，公司拥有着非常稳定的客户群体，并不断地涌进新的客户。

“大”而有型，“丰”而不满。从郑州到邯郸，再到韩城，当三点确定一个稳定的平面时，河南大丰的“三足鼎立”已经走过了春华秋实的而立之年。

一直以来，河南大丰的经营策略是，以价格占市场，以质量求生存，以服务求发展。公司产品广泛应用于民用、机械加工、汽车、钢结构、煤矿支架、公路及园艺等领域，是角钢、槽钢的更新换代产品。

如今，历经多年的风雨，公司拥有非常健全的销售网络，其骄人的成绩获得业界赞许。公司在河南市场拥有60%以上的市场占有率，并辐射湖北、湖南、陕西、山西、安徽、山东、河北等周边省市，是众多经营单位、生产厂家、大型工程的长期供应商。公司与天津，河北几十家供应厂商常年保持密切的合作关系，充分保证了原材料的供应。

韩成法说，中国有句老话说得好“居安思危”，我很欣赏也很喜欢这句话。我觉得一个人想有所成就，光有智商、情商是不够的，还要有一种危机意识。对于企业来说，更是如此。世界上从来没有一帆风顺的事业，我们时刻要有“一天不努力就可能被吃掉”的危机感。在这种危机感的压力下，内部做好企业的管理和经营，外部做好客户的开发和维护，这样才能在“内忧外患”中生存壮大。

韩成法有一个幸福的家庭。他本人最大的爱好是喝茶，收藏了不少几年、几十年的好茶，他还喜欢游泳、打太极拳等多项健身运动。“幸福都是奋斗出来的。要把蓝图变为现实，必须不驰于空想、不骛于虚声，一步一个脚印，踏踏实实干好工作。”习近平总书记的话语催人奋进。韩成法表示，党的十九大为实体工业振兴带来了千载难逢的良机，正可谓“好风凭借力，扬帆正当时”，以国家供给侧结构性改革、“一带一路”倡议和大力发展装备制造业为契机，在广大客户及合作伙伴的通力协作下，在社会各界的鼎力相助下，大丰实业将以更加优质的产品和服务，满足经济社会发展的需求，与合作伙伴、广大客户、新朋老友们共创美好的未来！

坚守商道，伉俪携手，共同走出人生好风景

——访河南力天实业发展有限公司董事长　程振军

事业各自有成，生活情趣相投，有共同理想追求的夫妻，人们称之为“伉俪”。在郑州钢贸圈，“钢市伉俪”的事迹传为佳话。程振军和刘少英夫妇坚守商道，携手打拼二十余载，共同谱写了中原钢铁贸易行业的时代传奇。

事业各自有成，生活情趣相投，有共同理想追求的夫妻，人们称之为“伉俪”。在郑州钢贸圈，“钢市伉俪”的事迹传为佳话。河南力天实业发展有限公司董事长程振军、总经理刘少英夫妇坚守商道，携手打拼二十余载，共同为中原钢贸行业的时代传奇故事增添一段佳话。

每吨只赚5元钱，靠微薄利润开启滚滚财源。商海中，一对夫妻携手，共同走过二十余载，如今的风生水起，怎能忘记曾经摸爬滚打的岁月……

程振军与刘少英都是老郑州，70后，“钢二代”。1996年两人结婚后，在亲朋好友的支持下，筹集50万元，开始做起钢材生意。父辈教导他们，待人处事要真诚、讲信誉，这也是必须遵守的经商之道。

2005年以前，郑州的钢材市场集中在航海路往南的紫荆山路与城南路沿线。紫荆山路上是五里堡钢材市场，城南路上是依托国库的国储钢材市场。程振军与刘少英夫妇的生意从五里堡钢材市场起步，经营项目最初以钢管为主。

20世纪90年代，焊接钢管的价格曾达到5000多元每吨。他们从有经验的朋友那里了解到，做钢材贸易，简单说就是两条路子。第一，做钢厂代理。做代理商价优量大，容易赢得一线终端客户。但是风险也大，一旦钢材价跌，亏损惊人。这样的操作很依赖市场形势。第二，做经销商。好处是风险小，有生意就做，没生意就歇。只要搞得定客户，就能赚钱。

夫妻俩才学做生意，没什么经验。因此，他们的宗旨是：不图马上就赚钱，先做好赔钱的心理准备，至少学个经验。生意开张第一天只卖出一根钢管，第二天竟然没生意。夫妻俩望着露天堆放的一摞摞整整齐齐的钢管，心里闪过一丝担忧，但马上被美好的憧憬取代。第三天，应了“事不过三”的老话，他们的生意迎来转折，居然接到一个大单：航海体育场建设项目钢管采购。

能获得这个大单，也许有上天眷顾的原因，但更多的是凭借夫妻俩的商业智慧。采购商在另外几个公司问过价格，大家报价几乎一样，老牌公司店大傲慢。而夫妻俩的生意刚起步，凡事亲力亲为，在与采购商的交流中态度热情坦诚，以做成生意为目的，获得采购商的“印象加分”，而每吨只赚 5 元钱的利润，最终成为打动该采购商的“敲门砖”。

这个单子，为他们赚来第一桶金。此后与航海体育场的合作，使他们找到了如何筛选优质客户的诀窍，学会了直接与供应工地的销售、结算等经验，掌握了上下游产业链的相关工作衔接。该项目的成功，也成为他们与国字头企业合作的样本。

2001 年 2 月 28 日，程振军、刘少英夫妇出资成立郑州力天贸易有限公司，注册资金 1000 万元人民币，主营螺纹钢、高线、圆钢等建材。从合同制式、货物调集配送到付款方式，力天贸易直接高标准强势角逐中原地区钢铁贸易流通行业。

当别人还把诚信挂在墙上和嘴上时，他们却把诚信放在心里，做到客户的心上。在“铁锈味”很浓的钢贸圈，他们用更多的人情味为自己的企业开疆拓土。

2000 年以后，国际钢铁产业新兴市场崛起。这一时期，随着我国进入重化工业阶段，城市化进展加快，钢铁工业迎来快速发展。尤其是 2003 年以来，我国钢铁、煤炭等行业出现投资过热，引发原材料价格的大幅度上涨，产能呈现阶段性过剩状态。

力天贸易借机捷足先登，抓住历史机遇，迅速调整公司主营方向，瞄准众多国家、省市大型工程建设项目，从国家大发展、大建设的洪流中获取巨大商机。2003 年，公司更名为河南力天实业发展有限公司。也是在这一年，力天实业被指定为郑州黄河二桥工程项目的钢铁供应商，从此进入建筑钢材经营业务。

郑州黄河二桥工程于 2002 年 6 月开工，施工中采用了大量的新材料、新工艺、新技术，2004 年 5 月提前竣工通车。黄河二桥的建成，在一定限度上推动了中原城市群建设，促进了河南相关产业的发展。

黄河二桥项目中使用的钢筋均是新型的精轧螺纹钢筋，俗称精钢螺纹。这种钢筋是预应力钢材，具有多种优点。相比普通螺纹钢，它的强度更高，使用它可以节约工程的钢材用量，减少构件面积和重量，因此被广泛应用于各种大型建筑、水利工程。当时省内的安钢、济钢均没有这种钢材，只能从钢铁厂扎堆的老牌工业城市天津采购。力天实业北上天津考察，与几家钢厂签订了精轧螺纹钢筋的采购协议，保证供应黄河二桥工程的需要。

2000 年至 2004 年，钢材价格从 1920 元每吨升至 4600 元每吨。价格的疯长，让很多钢材贸易商拿不到货，他们就在钢厂门口守候，高价收购别人的出货单。很多时候，力天实业刚从厂家那里开好出货单，便有人在门口等着想加价买走。把货物发到黄河二桥工地，按照合同价格，只能获取每吨 50 元的利润；而按照当时的价格，如果力天实业直接卖掉出货单，每吨可以赚 200 元左右。

面对唾手可得的丰厚利润，夫妻二人毫不动心。很多人不理解，当面对他们说："送到嘴边的钱不挣，傻！"对此，他们坦然一笑——来自父辈的谆谆教导，他们铭刻在心，几乎成为一种本能。2003 年年底，力天实业荣获郑州市管城回族区"诚信商户"荣誉称号。在与黄河二桥工程项目合作的两年间，力天实业信守承诺，保质保量按时供货，获得工程承建单位的高度赞扬。

在多年的经营中，力天实业恪守诚信，以踏实的做事风格和优质的服务，与中铁大桥局、河南省交通建设二处、中铁二十局等高端国企合作伙伴结下了友谊，建立了力天实业的特色朋友圈，为相互之间的长期合作打下坚实的基础。

因为专业，所以专注。四季更迭的年轮里，为各种建设输送“钢筋铁骨”，力天实业参与并见证了郑州这座中原经济区核心城市的发展和崛起。

由于力天实业坚守商道、服务至上，博得了讲信誉的好名声，业内有口皆碑。很多客户在接到工程的时候，都是直接拉上力天实业，他们的工程走到哪里，力天实业就要跟到哪里去。这时的力天实业，已经从起步时的管材等多种经营逐渐演变成“建材专业户”。由于合作伙伴均为国企，力天实业这辆“钢铁快车”的“排气量”逐渐增大，对各个钢厂的品种要求也越来越多。

如山东的石横特钢、莱钢等大型钢铁集团，最初在河南的业务是一片空白。得益于力天实业的主动接洽和销售渠道，才迅速进入河南市场。经过近十年的发展，程振军夫妇很快实现了公司现货销售与工地配送两条腿走路的销售模式，2005 年年销量就达到 10 万吨。钢材的销售半径通常在 400 公里内，而力天实业合作单位施工项目却遍布全国。为了节约运距，程振军及时调整货源采购方案，根据项目就近采购，不仅降低供应成本，也为合作方节约了很多成本和时间。

2005 年下半年，力天实业又率先引进甘肃酒钢、山西海鑫等钢厂的产品进入河南市场。如此一来，力天实业的客户量便迅速发酵。每天在力天实业的货场周围，不管白天黑夜，总是人声鼎沸，车水马龙。货场上一度出现了货物不落地，直接“车倒车”的现象。而周围等待装货和卸货的车辆有时甚至两三天后才能走，这在货场调度员眼中已经司空见惯。即便这样不间断地忙碌，仍然不能满足进出货的需求。其他货场的航吊车通常配一个电葫芦，力天实业的航吊车却配两个电葫芦，以备不时之需；航吊车每每工作到凌晨3点……

身为娇弱女性，刘少英巾帼不让须眉。她自豪地回忆：“当时公司正式员工就七八个人，没日没夜地干，忙得不可开交，大家吃住都在公司。我虽然是女的，但什么活儿都干，爬到航吊车上开车，过磅、点支、验货、开票、销售，样样都会。我认准‘天道酬勤’这个道理，一分耕耘，必然带来一分收获。”

企业在经营过程中，克服了多个短板。2002 年，力天实业全面接触商业承兑汇票，取得银行双授信 1 个亿的资金额度。商业承兑汇票可以快速变现，手续简便，对企业培植自身良好的商业信用非常有利。由于合作对象均为国企，客户资源优质、稳定，力天实业的生意做得风生水起。

由于销量巨大，钢厂低价支持，直接供应工地又无风险，在程振军夫妇的带领下，力天实业迅速壮大，进入高速发展期。2004 年至 2009 年，力天实业先后承接了十几条国家级高速公路标段的钢材供应，被河南高速公路发展有限公司指定为高速公路钢材项目注册供应商。2008 年，力天实业在郑州南四环金马钢铁交易市场成立销售二部。2009 年在天津设立销售办事处，销售势头良好。同年，由力天实业牵头，组建了郑州市工商联钢铁贸易商会。

力天实业参与并见证了郑州这座中原经济区核心城市的发展和崛起。从创业至今，河南不少省市重点项目和大型房地产项目建设钢铁供应名单里，都少不了力天实业的身影。如河南省交通工程局办公楼、黄河水利委员会水利项目、鑫苑名家、富田丽景、太阳城、正商启航大厦、升龙国际、曼哈顿和宝龙国际城市广场等，甚至参与了石武高速铁路项目建设的钢铁供应。在这些项目中，力天实业积累了丰厚的实力和经验，并通过不断赢得客户的信赖，提高企业知名度，奠定自己行业翘楚地位。

会当凌绝顶，一览众山小。走过一路风尘，看过一路风景，力天实业正在交出一份优异的成绩单和大爱无疆的社会责任表。

商品的价值是有限的，而服务的价值是无限的。如今贸易商已经向服务商转变，只有更进一步提高个性化服务，才能增强企业竞争力。程振军夫妇在这方面的做法和经验，为同行提供了可贵的借鉴。刘少英说："要提升自身竞争优势，就必须转变观念、改变角色，发挥自己的特色和优势。我们与每一位顾客建立良好的关系，进行全方位的个性化服务，依据各种渠道对资源进行收集、整理和分类，向用户提供和推荐相关信息，以满足用户需求。"

在程振军看来，力天实业的个性化服务亮点有三个：一是全面服务和专人服务的有机结合。结合客户的需求，调动、整合公司所有资源来为客户服务，业务员专人负责某客户的全过程服务，做到公司和个人对客户的精致化服务；二是业务服务和财务服务的有机结合。业务负责发货、送货，了解客户需求、沟通实际遇到的问题，财务负责为客户打款、催账、开发票等，做到业务和财务无间隙对接式的客户服务；三是售前服务与售后服务的有机结合。售前全面了解客户需求，充分沟通，调配好资源服务客户，售后及时跟踪、回访客户的使用情况和后期需求，建立长期良好的合作关系。

"客户是我们终生的财富，是力天实业发展的动力源。"力天实业凭着专业建材、专业服务的理念和诚信立业、以人为本、专业创新、互利共赢的核心价值观，不断超越自我，追求卓越，取得了一个又一个成绩，成为河南同行业的佼佼者。2010 年，力天实业登上辉煌平台。这一年，公司先后荣获郑州市工商联钢贸商会授予的"郑州地区钢铁营销五十强"、《现代物流报》和中国物流与采购联合会钢铁物流专业委员会评选的"2010 年度河南省优秀钢铁物流企业"、山东石横特钢集团授予的 AAAA 级信誉单位。

同年 8 月，程振军还接受特邀，成为郑州市国税廉政监察员。该职务由在地区享有盛誉、深受好评的纳税人、社会各界代表及非公职人员担任，从民生的角度评价国税工作，对其进行外部监督。12月，力天实业荣登“中国建材钢贸企业百强榜”。中国建材钢贸企业百强榜创立于2010年，每年通过各大媒体广泛发布，具有独特性、全面性、公正性。

2011年2月底，以“再接再厉·新十年我们再创辉煌”为主题，河南力天实业发展有限公司十周年盛典隆重举行，程振军与刘少英盛装出席。平时沉稳持重的程振军在会上做了热情洋溢的讲话，回顾了力天实业十年发展的光辉历程，感谢所有关心、帮助、支持力天实业的朋友和辛勤工作的员工，展望了力天实业的新十年，为大家勾勒了一幅宏伟蓝图。

致富不忘回馈社会。力天实业在发展的同时，一直履行着社会责任。2008年汶川特大地震发生后，力天实业率先向灾区捐款，被河南省红十字会授予“爱心公益企业”光荣称号；2010年，力天实业带头捐款并组织郑州钢贸商会向青海玉树地震灾区捐款30余万元，获郑州市红十字会颁发的荣誉证书；此外，力天实业关爱民生、呵护儿童，为白血病儿童患者捐款等行为，受到了社会的赞誉和人们的尊敬。

刘少英谦虚地说：“力天实业这些年之所以能够取得一些成绩，是因为党的政策好，我们赶上了发展的好时代。感谢政府给予我们民营企业的大力支持。大爱无疆，我们会一如既往地做公益、做慈善，关注民生疾苦，担起企业应负的社会责任。”

在方圆的世界里，行业规则更应该成为商业行为的基础配置。未来的钢铁流通与贸易将更加规范和趋于理性。

目前，力天实业已与国内许多大中型钢铁企业集团建立了稳定的合作关系，是国内众多知名钢铁生产企业的一级代理商。程振军介绍，在做好钢铁贸易流通的同时，力天实业还参与投资了河南六盛钢材市场和中原珠宝城、中原证券等金融项目。

“公司长年库存保持在6000吨以上”，程振军说，我们对于需求集中的外地客户，可直接将产品从钢厂发往客户指定地点；特殊规格、品种的钢材，公司可以根据客户的订单与厂家协商定轧。

谈起对未来钢贸行业的看法，程振军认为："企业最大的风险是成本，包含税收、房租、人员等，控制好成本才能获利。钢铁贸易将逐渐发展为规范和理性的格局，市场将按需定量定产，贸易商数量将减少，定量、定销将成为行业主流。虽然钢厂直接供应工地的比重占到了30%。但是，由于上下游的情况不一样，付款方式仍然需要贸易商来缓冲，市场仍然需要贸易商来平衡这种关系。实力型和品牌型企业依然是行业领军。"

《周易·系辞上》里说："二人同心，其利断金。"后来，这句话演绎为"夫妻同心，其利断金"。夫妻创业是合伙创业的一种常见模式，也是比较理想的形式。夫妻在作出诸种行为决策、共同迈向创业之路时，自然同心同德。在经营运行过程中能做到快速及时、灵活机动。而夫妻的年龄结构，不存在"三观"上的分歧，同时由于彼此间的优势互补，因而在决策与经营中能够取长补短，消除片面性与情绪化所造成的失误。同声自相应，同心自相知。愿力天实业"钢市伉俪"，携手走出人生好风景。

敞开怀抱，任由梦想的翅膀翱翔蓝天

——访河南怡顺祥商贸有限公司总经理　谢培杰

在央企度过安逸顺遂的十年之后，不甘周而复始的谢培杰毅然选择辞职下海，踏上了一条更为艰辛，极具挑战，但前景也更为开阔的创业之路。多年之后，在郑州钢铁贸易行业，一个外表俊朗、被人称为“谢总”的小伙子逐渐被业界熟知。

当生活日渐安逸，工作渐趋顺遂，你会选择继续还是离开？对于这个问题，不同的人会有不同的答案。而在河南怡顺祥商贸有限公司总经理谢培杰心里，当你发现日子已经到了“一眼就能望到头”的时候，就是应该要做出改变的时候。

央企工作十年，从懵懂到行家，他用最美的时光为自己的青春代言，毅然挥别曾经挥洒汗水的舞台，带着梦想开启了人生中的钢铁之旅……

2007 年 4 月，大学毕业四年后，谢培杰加入中国五矿集团西安销售公司，第一次接触到了钢铁贸易流通行业。对当时的谢培杰来说，这是一个完全陌生的领域。在此之前，谢培杰先是在北京工作了两年，后来，又回郑州开了两年的眼镜店。总之，他完全不了解这个行业，进入公司之前，他甚至一度以为自己上班的地方是钢铁加工厂。

进入公司后，他才知道自己的工作是钢铁贸易，简单地说，就是为公司开发郑州周边区域市场的客户，并维护公司在当地的市场份额。当时，河南分公司（时称河南办事处）刚刚成立，河南区域内仅有三名员工，谢培杰便是其中之一。办事处设在远离市区的南四环金马钢材市场内，周边很是荒凉，且不通公交。每天上下班成了令人头疼的问题。

每天下班后，谢培杰便从金马钢材市场步行走到公交站台，再乘坐 13 路公交车一路摇摇晃晃来到市区时，时间往往已经过去了小半天。因此，很少有年轻人能够耐得住这种清苦，但谢培杰不仅忍了下来，还一步步做到了河南区域市场负责人的位置。

除了工作环境堪忧外，工作本身也并不轻松。虽然他名义上只需要负责开拓市场，但由于办事处人员少，发货查验等工作也得他们自己亲自动手。有一次，有位客户定了一批螺纹钢，当时的供货量很大，光是装车就用了整整一周时间。虽然装车辛苦，但在谢培杰看来，这并不是最令人头疼的，清点数量才是最让人厌倦的事情。

那时候，螺纹钢的包装不太规范，同样的包装箱内的螺纹钢数量并不一致，再加上包装粗细不均，长短不一，厂里发货时只能靠重量估摸出大概的数量，货物真实数量只能靠人工清点。发货前，谢培杰守在仓库里，清点了整整一周，才点清楚货物数量。时隔多年，他依旧记得自己每天结束清点工作时，满脑子都是螺纹钢，整个人头晕目眩的。甚至闭上眼睛，眼前也都是一堆堆的螺纹钢。

正是靠着这样一股韧性，谢培杰得到了领导们的一致认可。2015 年，他离开五矿加入翔宇公司前，已经晋升为河南分公司负责人，负责整个河南区域市场的开拓维护和分公司的人员管理工作。他凭借曾经的辉煌战绩，更换平台后，在翔宇也得到了不错的薪酬和岗位。可以说，工作日渐平顺，大好的前程似乎也正在向他奔来。可出人意料的是，当一切都渐入佳境时，他再次选择了离开，而且是义无反顾。

创业，从零开始。带着些许惊慌，却是那么义无反顾。一个零，如同一个圈，谢培杰用经验和诚信，让这个圆圈的半径一直快速延伸……

早在几年前，谢培杰便有了创业的想法，但由于当时工作忙，再加上自己已经习惯当时的工作状态，害怕自己离开公司后会一无所有，所以他一直没有勇气迈出这一步。很多时候，人都是需要逼自己一把。2017 年，谢培杰突然意识到时间不等人，再不去创业就来不及了。他终于下定决心，走出别人羡慕的舒适圈，开始认真考虑创业的事情。

无论是央企五矿，还是国企翔宇，谢培杰在 2007 年到 2017 年的十年间，一直在体制内工作，也逐渐习惯了这种工作环境和模式。在那种氛围中，每个人只需按照公司的安排做好自己的工作，其他的根本无须多想。“不求无功，但求无过”的思想成为很多人混日子的经验之谈。

这种生活看似安逸，时间长了，整个人的思维模式就会固化，考虑问题也总是在一个既定的框架内进行。谢培杰觉得，自己已经习惯了每天、每月、每年的循规蹈矩，再不出来，就永远不可能再有更大的个人提升。

“就像温水煮青蛙一样，当你习惯了这样的环境，整个人就会慢慢地变得没有斗志，对工作甚至对自己的人生丧失激情。所以，我觉得人要敢于跳出舒适圈，趁着年轻多经历一些东西，迎接更多、更大的挑战，获得更好的成长和提高。”谢培杰说。

2018 年年初，谢培杰从单位离职，正式创立属于自己的公司。刚开始，谢培杰很难适应从“为国企打工”到“为自己打工”的转变，做事时还保留着曾经的那一份谨慎，不敢大展拳脚。渐渐地，他意识到身为公司老板，他要为公司的所有员工负责，就不能畏首畏尾，必须要有魄力、有胆识。于是，他渐渐地改变了工作方式，让自己迅速完成了身份的转换。在他的带领下，公司很快走入正轨。

不识庐山真面目，只缘身在此山中。跳出循规蹈矩的舒适圈，谢培杰凭借着年轻、干练和管理经验，为自己的人生涂抹出一道亮丽色彩。

人间正道是沧桑。创业之路不可能是一条坦途，谢培杰很清楚这一点。谢培杰虽然年轻，缺少商业圈内的“江湖”气息，但人很仗义。离开原单位时，他没有带走一个客户。因此，创业时，他只能从零开始寻找客源，为避免积压货物和资金，他选择钢厂直发的经营模式。

简单来说，就是在客户订货后，谢培杰将与山西钢厂联系订货和发货问题，客户验收后再完成打款。这种模式虽然利润低，但是胜在风险小、周转快，公司不必积压过多的货物和资金，能够更好地把控贸易风险。

商场如战场，人的素质总是参差不齐。工作中，尽管万分小心，谢培杰也还是会遇到一些麻烦。最令人头疼的就是客户不讲诚信，不按时付款的问题。对此，他也只能晓之以理动之以情的寻求解决办法。有朋友曾为谢培杰介绍过一个客户，公司报价后对方表示要再考虑一下。过了一段时间，我国钢材价格大涨，对方打电话要求供货。由于公司没有存货，只能按新的价格购进后再发货，但按照新的价格核算成本之后，谢培杰发现，如果按照原价供货，那么这批价值三十万元的钢材基本是白忙活一场——最多也只能挣五六百元。

考虑到都是熟人，再加上之前也报过价，谢培杰没有重新报价，反而积极地帮他联系厂家。后来，谢培杰亲自将货物送到客户工地上，谈到付款问题时，对方却闪烁其词，以各种理由要求延后付款。遭到谢培杰拒绝后，对方又挑三拣四，以钢材包装不佳为由扣除了一千多元的款项，并延迟了三天后才完成付款。

诸如此类事情，谢培杰表示很常见。在工作中，他遇到了很多类似的客户。有些客户在供货时跟你称兄道弟，承诺时胸脯拍得“咣咣”响，但到了付款时，却总是推三阻四。对于这种行为，谢培杰始终不认可。在他看来，做企业一定要讲究诚信，要懂得感恩。否则，如果你为了蝇头小利丧失了诚信，失去的将会更多，毕竟这个市场圈子就这么大。

“做生意不能这样子，要讲信誉的。我的客户都知道，我轻易不会做出什么承诺，但只要我承诺了，就一定会办到，这也是我做人的一个原则吧。”谢培杰说。

人不应该安于现状，更不该给自己设限。在有限的人生里，要努力激发自己无限的潜能。走出舒适圈，主动迎接挑战，让每份努力不负韶华。

谢培杰自己认为，他是一个对员工要求很严格的领导。他要求员工凡事都要多想一步，多做一步。而这也与他之前的工作经历有关。刚加入五矿时，由于工作需要，他经常要向领导提交工作表格。有一次，他制作了一个自以为非常详尽清晰的报表，发给领导后没多久，便接到了领导的电话。

“你这表格花花绿绿的，是啥意思?”电话那头，领导问道。“绿色的部分表示亏损，标红的部分表示收益，标黄的部分则表示价格下跌了，可以适当多推……”谢培杰一边解释，一边沾沾自喜，觉得自己这个表格已经足够详尽和清晰，实在是一个非常用心的工作成果。

“你啊，表格可不是这样做的。工作表格要美观大方，条理清晰，让别人一看就懂，让自己多年后还能一下子看明白。你做好的表格还得向别人解释，说明是不合格的。做事情不能只顾眼前，要多往前看一步……”领导苦口婆心地说。

领导的话让他突然明白了一点：做工作与做好工作是两回事，做完了并不意味着做好。在任何时候，都应该更进一步，让自己的工作成果更加清晰可靠，让工作更好地往前推进一步。从那之后，他将这件事牢牢地记到心里，不管做什么事情，他都会先问一问自己是否可以做得更好。

创业之后，他也将这种工作方式带到了公司，经常教育自己的员工，不要得过且过，要多动脑、多动手，有付出意识，努力让工作更进一步。在他的耳提面命下，大家都很有冲劲。很多原本在工作中浑浑噩噩的员工，也开始随手携带笔记本电脑，随时随地了解行业信息，与客户进行沟通联系，公司业务也越做越好。

看着大家都在成长，看着公司在大家的共同努力下越来越好，谢培杰很是欣慰。但是，他并未止步于此，他希望公司能够取得长足的发展，给员工创造更好的发展平台。谈到未来，他说，计划着等公司发展到一定的规模，要给公司的骨干进行股份分红，让大家摆脱这种“为别人打工”的状态，去迎接更大的挑战，获得更好的发展。在他心里，市场的竞争，最终是人才的竞争，稳定的团队才是企业发展的压舱石。

“我是个不安于现状的人，我希望我的员工也能有这种激情和斗志，在工作中勇敢一点，敢于跳出舒适圈，跟自己死磕，去经历风雨，去迎接更好的自己。”谢培杰恳切地说。很多时候，当局限在一个狭小的圈子里时，看不到自己的不足自我感觉良好的时候，其实已经被安逸束缚了手脚。走出舒适圈，去迎接挑战，哪怕一路荆棘，栉风沐雨，只为追寻人生那道最美的风景。

对于年轻的谢培杰来说，酣畅淋漓打一场台球、疯狂地在篮球场上释放、邀三五个好友举杯、骑上摩托车远足……这一切，都会让生活五彩斑斓。

一朵清荷，摇曳在梦想的世界里……

——访郑州九路通商贸有限公司总经理　雷永线

“漂亮得不像实力派”，明明可以靠颜值，但她偏偏靠才华。巾帼不让须眉，从帮别人卖服装筹集资金创业，到和丈夫一起投资创办企业。雷永线打破美女就是花瓶的魔咒，从“灰姑娘”到“励志女神”，她一步步完美逆袭。

她明明可以靠颜值，但她偏偏靠才华。巾帼不让须眉，从帮别人卖服装，筹集创业本钱做起，到和丈夫一起投资创办商贸公司。创业之初，她怀着八个月身孕仍开着面包车往工地送货，她靠吃泡面支撑度过创业初始最难的那个阶段，如今已成长为管道加工行业领军人物，如同一朵清荷，悄然绽放在群雄林立的河南钢铁市场。她就是郑州九路通商贸有限公司总经理雷永线。究竟是什么造就了她今天的成就呢？带着疑惑，我们带您走近郑州九路通商贸有限公司总经理雷永线。

打破美女就是花瓶的魔咒，从“灰姑娘”到“励志女神”，从一辆面包车起家，到如今开上“路虎”，她把青春时光雕刻成拼搏的样子。

雷永线和丈夫朱智磊都来自周口淮阳农村，两个人在郑州求学又留在郑州寻求创业。婚后，丈夫朱智磊带着一批农民工辗转工地做通风管道安装施工工作，靠力气挣些辛苦钱勉强糊口。机会总是留给愿意扼住命运咽喉的人。从安装施工转到接订单生产通风管道，小两口并没有刻意规划，完全是无心插柳柳成荫的机缘巧合。

“光靠打工，哪天才能富起来？为什么自己不做加工？”雷永线脑海灵光一现，说干就干，雷永线和朱智磊自己买了一套加工设备，供自己承接工程所需，有时也兼顾为关系不错的同行加工少量产品。“比起打工的辛苦，创业更不容易。”雷永线说。2014 年，他们把打工积攒的血汗钱全部拿出来，又向邻居借了 20 万元，购买了通风管道加工设备，在当时的紫金钢材市场租场地，注册成立郑州九路通商贸有限公司，夫妻两人正式进军郑州钢材市场，专业做通风管道加工业务。

万事开头难。交过房租，安装好设备，他们已经没有钱进货了。于是，丈夫重新到工地打工挣钱，她则负责开着面包车往工地送货，即便是怀孕八个月了还在坚持，这段经历成了她永远的记忆。为了尽快实现自己的创业梦想，雷永线没等第二个孩子满周岁，就到银基商贸城卖服装打工挣钱补贴家用，帮丈夫减轻压力。

筹到了进货所需资金，雷永线却又经历了2015年钢材市场低迷期。但夫妻俩没有放弃，他们认为，我国钢材市场低迷也意味着可以低门槛踏入通风管道加工行业。他们注册公司后进行了分工：她负责业务和销售，丈夫负责制作加工图纸、下单及加工，两口子在公司连续吃了半个月的泡面，终于如期完成了第一单加工生意。

由于小两口为人实在，在通风管道安装和产品加工行业口碑很好，大家一传十、十传百，客户源源不断，通风管道加工订单越来越多，两口子再没精力承接工程项目，于是一心一意改做通风管道成品加工。就这样雷永线怀揣梦想、满怀希冀，在资金紧张、场地空缺、人手有限的情况下，完全凭着自己的热情和闯劲，走上了自主创业和发展道路。

“在创业前期工作的准备中，理想与现实是有一定的距离。在厂房选址和建设，生产流程，原料供应，产品质量保证等方面，遇到不少问题和困难，但我都克服过来了，每次遇到困难，我都告诉自己要坚持。”雷永线说。

因为不懂管理和运营，雷永线就边摸索边学习，向身边钢铁企业行业大佬学习管理经验，家里管理的书籍一大摞。在她看来，人的一生一定要有一份自己热爱的事业，不管遇到多大的困难都坚持不懈，不轻言放弃。她是这么说的，也是这么做的。

缘理而构筑，水到则渠成。在顽强拼搏、坚守梦想的雷永线面前，一切困难迎刃而解，她终于站在了新的起点之上。

只要付出，时光就不会辜负。2016 年是夫妻俩创业迎来翻身的一年，他们公司搬到新的钢材市场，设备已经增加到两台，订单也越来越多，有的客户甚至连价格也不问，因为他们信得过小两口。他们会根据价格起伏主动给客户最优惠的价格，甚至在客户没有要求的情况下，主动给客户按照市场当下最低价核算。他们可能没有赚取特别大的利润，但赢得了客户的信任和依赖，客户如“飞雪”而至。

2017 年，雷永线投资 40 万元新增加同行业中最先进的设备，投资 100 万元新增一条全自动生产线。如今，她的两个厂区面积合起来已达 4600 多平方米，员工达到 45 人，对于加工的成品质量更加精益求精。雷永线自豪地说：“我们每天的成品出产率约 6000 平方米，出货量位于河南同行业的前列。”现在，九路通公司在雷永线的带领下一直在平稳中发展壮大，产品范围涵盖了消防、环保除尘、中央空调等各类通风管道。

不过，公司的稳步前行也绝非这样简单，每一步发展无不融入雷永线的智慧与果断。在管道行业打交道这些年，除了她对这个行业抱有极大的热情外，她还对钢材市场的变化有着一定的把控。或许是一个女人的细心和对事业的一种投入与执着，又或许，是她对行情的敏锐触觉和对行业的深入研究……

正是对钢材行业接触时间长了的缘故，她对每一波行情的变化都非常敏感。多年来在行业的摸爬滚打，让她不仅具有灵敏的商业嗅觉，更对行业有了深入了解，一有风吹草动，马上就能根据经验准确地判断并指导企业的经营方向。

攻城为下，攻心为上，这是至高无上的原则。雷永线融入更多亲情，注入更多关爱，用心带领着家人聆听每一天的晨钟暮鼓。

雷永线作为一名女性，始终以春风化雨般的关怀呵护着每一位员工。她认为制度是死的，人心是活的。与其固守不变的制度，不如让制度人性化，使其能够顺应企业发展的需求及时做出反应。都说90后的员工难管，在管理上，雷永线对待他们就像对待自己的兄弟姊妹一样。她说用心浇灌才能让小苗迅速茁壮的成长，跟企业共同走向成熟。同时她也要求和鼓励这些“小树苗”在工作中积累管理经验，从而逐渐往管理层发展。

对待员工，雷永线提倡的是给予更多鼓励和包容，充分挖掘和激发他们的潜能，实现公司与员工的共同成长。例如，提供食宿，每年为他们发放四套服装，聘请优秀的培训公司进行培训，通过拓展训练来提高团队的协作性和荣誉感；建立适当的奖罚机制，充分调动员工的工作积极性。

为真正体现多劳多得，调动员工积极性，她开始尝试绩效考核方案改革，逐步以经营利润、净利润代替收入与奖金挂钩。她建立市场化的工资考核体系，打破工资总额限制，针对不同人员建立起差异化、自我比较的绩效考核机制以及可量化的工效挂钩激励体系，不断激发员工奋勇争先。雷永线也会经常安排一些交流会，与其他公司的老总及高管们沟通如何管理企业，从中学习到好的管理经验。同时，每周都会让员工集中听一些讲座，提升他们的综合素质。

雷永线经常对员工灌输“诚信永远都是一个企业的核心价值观”“产品就是人品”这样的理念。她说：“一个企业团队的凝聚力也着实重要，员工爱企如家、有主人翁意识、有责任感、有执行力，这也是企业平稳发展的关键所在”。理念的培养需要过程，在办公室、会议室、车间厂房生产线，甚至走廊上，她不是强制灌输，而是和风细雨润物无声，让每个部门每个员工真正去理解去体会，自发去落实。

多年来九路通商贸公司以质求生，以优取胜，以信誉为本，以服务为根，以钢铁般的意志打造经营团队，走出了一条以诚信、服务为特色，合作共赢的经营路子，真诚地为每一位客户提供优质的产品和优良的服务。

有什么样的心态，就会有什么样的命运。心态往往就能够成就一个人，只要我们直面生活，就一定能攥紧命运的缰绳，活出不一样人生。

作为一个女人，家是一个永恒不变的主题。说到自己的家庭，雷永线的语气中带有一种强烈的自豪感，“女人嘛，除了工作，家庭就是最重要的。在我心里，我的家庭就是我最坚强的后盾。”谈起孩子，她更显得开心，自己两个孩子都是公婆在家照看。只要回家，我都会下厨给他们做一桌好菜，我们是幸福美满的一家。“不过唯一美中不足的是我们目前的工作环境不是很好，对于我这个爱美人士来讲，每天来上班打扮得漂漂亮亮，回到家就成了灰头土脸。”雷永线打趣道。

这就是雷永线，一个温柔外表下磁场强大的女人：享受工作，喜欢做生意，喜欢与人沟通，喜欢判断市场；做事情无论再难，都会都想办法去克服，享受圆满完成的成就感；遇到困难时会劝说自己，什么都不是一帆风顺的，从而尽力去想办法解决。雷永线坦言道：“人生要成功，坦然的心态是必须拥有的。”她说不管从事哪个行业，都不可能一直走低谷。这个跟大环境有很大关系，在最困难的时候只要考虑如何让企业平稳地渡过难关即可；在企业顺利时也一定要审时度势，不盲目扩大经营，就能稳操胜券。

雷永线说：“九路通的今天离不开每一个曾经支持过、帮助过我们的企业和个人，特别感恩自创业以来给予我们信任、支持和厚爱的社会各界友人和每一位智者，是大家成就了我们今天的企业，是大家伴我走过了生命中特殊的时段。同时也感恩这个时代，让更多的女性有机会行走在大千世界间创造存在的价值；感恩我的父母，赋予我生命，为我植入信仰，帮我选择了一条人生的路径；我感恩一路风雨同行的员工，我的人生因他们而更加精彩。”

人生风光无限，走过一座山峰，迎来的可能是更加雄奇壮美的景色。或许雷永线的公司目前还不是巨无霸，但不积跬步，无以至千里。可以期许，这位女强人定会以其坚毅的品质和与时俱进的经营理念，在这片天地走得更加广阔，更加灿烂。九路通的明天也一定能够通达九州，成为龙头翘楚、鹏程万里。

心手相牵，穷小子和富家女的精彩人生

——访郑州鑫亿达钢铁有限公司总经理　薛会杰

他视质量如生命、把产品当人品，不但在国内和中国五百强企业精诚合作，同时将钢铁产品远销东南亚和迪拜等多个地区和国家。来之不易的成果，记录着薛会杰带领全体职工在困境中的辛勤和执着，同时也折射出薛会杰超常的智慧和过人的胆识。

巍巍嵩山，为她脚下的这片土地赋予了厚重；奔腾的黄河，孕育着沧海桑田。在嵩山脚下、黄河南岸，被誉为千年商都的郑州，屹立着一个经营钢铁产品的公司，它就是郑州鑫亿达钢铁有限公司。薛会杰，就是这个企业的“领航者”。

放爱一条生路，“穷小子和富家女”相恋后，他们决定远走他乡；9 毛钱一个烧饼，四手相握，辛酸泪目；多年后，执子之手，追忆曾经恩重如山的磨难岁月……

阿德勒的心理学说认为，异常磨难，往往让人产生强烈的超越自我意识，而这恰恰是成功的最持久动力之一。也正如薛会杰所言：这些坎坷的经历是人生当中难免的，作为男人来说磨难也是一笔宝贵的精神财富。

1978 年农历七月，薛会杰出生在河南省商丘市夏邑县激昂乡薛楼村一个农民家庭。父母面朝黄土背朝天，全靠在地里刨食供应他姐弟两个上学。在他上小学的时候，母亲生病无力治疗，为了帮助家里减轻负担，他的姐姐小学毕业就辍学了。过早地面对苦难让薛会杰珍惜来之不易的学习机会，从小学一年级到中学，他成绩一直非常优秀，并曾担任班长、少先队大队长。

为了帮助家里减轻负担，他只有选择尽早就业。1997 年，初中毕业的薛会杰选择了包分配的中专学校就读。菁菁校园里，薛会杰不仅成绩优秀而且担任班长，他的帅气和聪颖深深俘获了女同学余欣的芳心。由于薛会杰来自贫困农村，余欣家在市区条件优越，他们属于典型的“穷小子和富家女”的爱情。得知他们的恋情，受当时门当户对的封建思想影响，再加上两家相距也比较遥远，不是一个县城的，双方家庭均不同意，但这丝毫没有影响到他们冲破层层阻拦建立恋爱关系。

2000 年，薛会杰中专毕业，被分到县商业局工作，那个时候他一个月工资不到三百元，由于离家远不方便，几个月后，薛会杰不得不放弃在乡下人认为是“跃出农门”的县城，回到本村小学工作，担任四年级班主任。因为余欣家里世代经商，毕业后她按照父母的意愿，在家里做生意，两人分开后加上两家距离遥远，沟通非常不便。薛会杰说，那时候家里别说手机，连座机都没有，当时村里只有一部电话，有谁家里的电话就去喊人，告知等多长时间会再打电话过来，然后再去接电话，所以说那时候联系很少。然而爱情的力量是伟大的，对年轻人来说，更充满着一往无前的豪情。热恋中的他们受不了彼此思念的煎熬，于是，在多次商讨后，做出了一个大胆的决定——各自放弃工作，瞒着家人，远走他乡，一起到上海打拼。中秋节前的一个上午，他们踏上了开往上海的列车。

在上海，薛会杰和余欣先后在上海嘉定联西村一家做高尔夫球的台资企业入职，当时工厂规定押三个月工资，也就是说干到第四个月才有工资。幸运的是，薛会杰联系上了在上海的一个亲戚，并租住在亲戚家里，得到很大的关照。但在亲戚出差期间遭遇了一次危机，他们两个只顾忙于上班，一天早上起床后发现大米吃完了，但才干了两个月尚未发工资，没钱买米，在租住的房子里只翻出九毛钱。他们两个饿着肚子步行两三公里来到工厂上班，因为一块钱才能买一个饼，这九毛钱勉强让好心人给了一个饼，两人相互推让了好久，都不舍得吃，直到中午下班遇到领班的班长，看到他俩的困境及时伸出援助之手，借给他们 100 元，解决了困境……回想起当时的场景，薛会杰非常感恩班长的雪中送炭。事业成功后，夫妻二人曾在 2010 年专程乘飞机抵达上海到曾经打工的那个工厂，感谢恩人，追忆过往。

如果说，有多努力，就有多幸运。那么，机会总是会张开双臂，拥抱有准备的人。恋爱中的余欣始终坚信：你输，我陪你倚情天涯；你赢，我陪你共守繁华。

2001 年春节后，两人离开上海回到商丘永城，双方父母见两个孩子感情确实真挚，便默许了两人的婚姻，岳父还拿出几万元在永城为他们开了一个家具店，但因为没有经营头脑，开张一年就倒闭了。没了店铺，余欣只好去家具卖场做销售员，薛会杰就在家具卖场做保安，两人蜗居在卖场一间大概 10 平方米的仓库里面。

仓库南北通透但没有玻璃，冬天的雪夜，两人被冻得瑟瑟发抖，常常一夜醒来，被子那头落满了积雪。就这样做了三个月保安，薛会杰发现机会来了。那时候永城由老城搬新城，他发现新家具需求非常大，他借钱租下 100 平方米店面进了六七套沙发，两天就卖完了，当时一套至少能赚 300 元钱，见到如此畅销，他似乎感觉不到苦累，自己蹬着个小三轮车给人家送货，并且一个人扛着沉重的沙发一口气爬五六层楼送到客户家里。当时一个月工资才 600 元钱，他一天卖两三套，就赚了差不多 1000 元钱。日出而作，日暮不息。半年时间里，小两口就积攒了几万元，便在商场附近租了一套房子，他们终于告别了仓库。

同行看到他一夜暴富非常羡慕，便纷纷效仿。但薛会杰坚持“人无我有、人有我精、人精我专”的理念，当同行还在本地购进沙发出售时，他已经把进货渠道转到郑州，因为郑州作为省会城市，能够引导消费潮流，款式新颖、价格便宜，所以他的生意依然火爆。但过了不长时间，同行很快知道了他的秘密，也来郑州进货，他就跑到苏州国际批发市场进货，就这样又持续了一年多时间，同行通过跟踪货车司机的手段知道了他在苏州进货，于是也开始大批量从苏州、北京、广州进货……

薛会杰敏锐地认识到，改变货源已经没有优势，这个世界上还是普通消费者多，他决定还是做平价家具最有市场，同时经常开展平价家具促销，生意依旧很红火。2004 年，薛会杰利用在家具行业赚到的第一桶金在永城买了一块地，盖了栋四层的小楼，还花费 5 万多元买了人生中第一台车（长安铃木）。当时商场里面做生意有车的人几乎是凤毛麟角。“开上铃木感觉比现在开奔驰还好，备感荣耀。”回想起当年，薛会杰自豪中流露着许多意味深长。

从生存到生活，从家具到钢材，不曾记得每一次转身的华丽，创业的道路上，却铭刻着夫妻比翼奋飞的烙印。辛勤和执着，为梦想插上腾飞的翅膀。

2005 年，家具市场已经饱和，但薛会杰发现做钢材生意比家具强，决定转行做钢材生意。因父亲的好友推荐，他有幸与中国五百强企业——神火集团合作做起了钢材生意。薛会杰在供货时，不管对方要一车还是一吨，他都亲自送货，不管多么困难，哪怕肩扛手拉，也必须把货放到指定位置，在长期的合作接触中，薛会杰的人品赢得了神火集团业务负责人的信赖，他成为神火集团指定供货商之一。

随着钢材用量逐渐增多，2006 年，薛会杰投资兴建钢材仓库，并在 2007 年投资 13 万元安装了当时永城市第一台航标车。为了货比三家，他和妻子冒着高温酷暑开车奔赴河北省各个钢铁产地，因为没有导航，他们就一个县一个县去打听，饿了吃口烧饼、渴了喝点凉水、困了就在车上休息。每到一个地方，就到人家厂里面询问价格记下联系方式，然后马不停蹄再到下一个县城，有时候跑到夜里十一二点，找个地方休息，一大早上又要去跑，一家接一家，货比三家，最终找到了优质的产品、充足的货源、公道的价格，这些让他的钢材生意蒸蒸日上。

薛会杰说，神火集团有一阵子经营困难，他的好多资金都压在神火集团，对方有时候欠他 100 万元、到月底结 20 万元，最多的时候欠了他 1000 多万元，当时客户面临资金困难时希望他垫资解决。薛会杰话语掷地有声：“咱们是合作伙伴，我就是有再大的困难，也会保证钢材供应，保证你们的工程不能停。”

为了这句承诺，薛会杰咬牙经营、借遍了所有的亲戚朋友。患难见真情，人心都是肉长的，看到薛会杰如此讲信用，客户纷纷把订单给了他。薛会杰自豪地说，神火集团好几个煤矿设施、建筑物都是他供应的，还有整个永城新城建设的百分之五十都是他包揽。新城建设持续十年，也是薛会杰创业风生水起的十年。2009 年，他一次性拿出 20 多万元，全款购下一辆黑色的本田 CR－V。

薛会杰是很怀旧的一个人，喜新但从不厌旧，买了新车，旧车一直舍不得卖，一直保养得很好，每一个零件他都很珍惜，就连换的旧轮胎都不舍得扔，直到最后送给他的妹夫时还叮嘱要好好保养。

2008 年金融危机对很多行业都是毁灭性的打击，但薛会杰挺住了。他说，2008 年上半年，钢材涨势迅猛，一天一个价，从每吨 3000 元涨到每吨 6500 元，但是到 2008 年下半年至 2009 年，钢材价格迅速回落，一下子落到约每吨 2000 元，很多经营钢材的公司突遭灭顶之灾。但对薛会杰影响不大。因为薛会杰始终坚持只做工地工程，而且现货库存小、周转比较好，所以这次断崖式跳价对他没有太大影响。

一根筷子轻轻被折断，十根筷子紧紧抱成团！当一个人走得很快时，他突然发现，走得更远需要一群人走才不寂寞。商都郑州，不只是有铁锈味，更有人情味。

幸运的薛会杰因为独特的经营理念成功躲过一场危机后，便决定借机扎根郑州发展。2010 年 11 月来到郑州后，面对行情的不佳，他在新郑路南三环市场西区临时租了一个仓库，因为受拆迁影响并遭遇骗局，导致业绩不佳。在这种情况下，他在 2013 年注册了鑫益达钢铁公司，他带领公司团队先后做了济源、安阳钢铁代理商，将钢材发到新疆，支援大西北电场、煤矿和铝厂建设。

2013 年，薛会杰的公司加入了郑州市钢铁贸易商会，并成为商会副会长单位。薛会杰感慨地说，他特别感谢黄涛会长，无论从政策还是融资方面都给予了很大的支持。当钢铁公司最困难的时候，黄会长提出了“抱团取暖，共同发展”的口号，把商会打造得像铁桶一样，协会的兄弟姐妹、钢哥钢姐们战胜困难、共同抵御市场风险的同时，也得到了省市领导和金融机构的大力支持。危急时刻，别的行业都断贷了，黄涛会长却带领大家积极融资，让银行坚信郑州钢贸行业“放心贷”，让钢材行业一直发展下去。

薛会杰感动地说，“黄会长带领我们在西部困难地区捐建了很多希望小学，帮助贫困地区的孩子走进学堂，还救济了很多白血病患者。汶川地震时，我们商会一次性捐助50万元，还有玉树地震我们也捐款捐物，每年做的慈善数不胜数。在黄会长的带领下，我们成功对接了武汉商会、上海商会、西安商会，平常我们公司在这个市场上，哪怕欠别人几百万元，都不用打条儿就能把货拉出来。这是一种信任，一种团结的精神。假如说没有商会，没有这个集体，你欠一毛钱，别人都不会卖给你，这就是集体的力量。说实在的，没有黄涛会长，就没有我们的今天。”

当然，政府扶持企业，企业要用心回报社会，回报偏远山区孤寡老人和留守儿童。他认为，“做公益、做慈善是人一辈子最大的一种福报，只要人人都献出一点儿爱，世界真的会变成美好的人间。”

风雨同舟，只为等待拼搏后的彩虹；一群商场上生死相依的爱人和兄弟啊，我们用一生情，共饮彼此用心酿造的那杯酒，用年轮记录携手走过的光辉岁月。

只有经历了生活的磨炼、岁月的沉淀、时间的考验，有朝一日才能厚积薄发，脱颖而出。磨炼换来成长，辛勤带来收获。薛会杰就是这样，常怀感恩之心，常念相助之人，常惜相识之缘，常记朋友之情。

薛会杰讲了一个上游供应商变成自己业务经理的故事。早些年，薛会杰在郑州批发钢材时，有一位刘经理是他的上游供应商，因为彼此信任两人结下了深厚的友谊，两人之间二三百万元都不用打一个条，双方都感觉彼此非常“靠谱”。待薛会杰到郑州开公司做大做强之后，这位刘经理果断从原单位跳槽，入职薛会杰的公司担任业务经理。

薛会杰感慨地说，“人与人之间的信任非常重要，如果咱做人不踏实，他不可能很坚决地从上家跳过来，把人生前途押到我这里。”在薛会杰的公司，原来的很多装卸工也一直跟着他风里来雨里去。因此，薛会杰很感谢这一群兄弟姐妹，从不辜负他们的信任。薛会杰做到两点，第一是从来没有拖欠过他们的工资，第二是员工私事，只要知道，能帮上忙的，他都会伸出援助之手，逢年过节给职工发放福利，生病前去探望，让员工开心工作、快乐生活，处处感觉到家的温暖。

作为公司“掌舵人”，薛会杰说，“按时纳税，没有欠过国家一分钱，也不欠个人的钱、银行的钱，自己身体力行把自己的团队建设好、管理好、把自己的本分做好。”在薛会杰的公司每个月都有分享会，每一年都组织员工去国内风景名胜区旅游，同时还积极把员工送出去深造培训，费用公司全部报销。

薛会杰对员工似亲人，但对亲人却亏欠了太多太多。因为家里面有三个孩子要照顾，他的妻子忙里忙外，从来无怨无悔，在背后默默支持着薛会杰在商海拼搏。“说实在话，作为一个男人，我还没有让老婆真正的踏踏实实去旅游一次，没有让自己的老婆躺在我的肩膀上睡一个很平静的觉，更遗憾的是，我欠她一个正儿八经的婚礼……”谈起陪伴自己患难与共的爱人，面对千万元欠款都未曾流泪的薛会杰眼眶不禁湿润起来。

在人生历程中，他感触最多的就是在困难的时候，政府和朋友所给予的大力支持和帮助；他最感动的事就是有一个善解人意、温柔贤惠的妻子。不管生意盈亏，妻子都非常理解他、支持他，永远都是他的坚强后盾。妻子和孩子是他前进路上最大的动力和支持，在妻子眼里，他是一个好丈夫；在孩子眼里，他是一个好爸爸。

再回眸，让往事温暖一下疲惫的心；仰起头，看一看天空的深远，聆听激情在心胸回响；既然无法再回头，那就把不惑之年打包成“行囊”；扛在肩头，努力前行。

有眼界才有境界，有实力才有魅力，有思路才有出路，有想法才有活法。薛会杰不像一个商人，更像一个思想深邃的哲学家，洞察生活才知道该怎样活，洞察世界才明白生命的意义。

国家“一带一路”倡议为我国钢铁行业的发展创造了难得的机遇。面对国际市场的蓬勃发展，薛会杰成立了外贸公司，主要做钢材出口，把钢材产品远销到东南亚、中东的很多国家，每年从他公司走出国门的钢材都有几十万吨，薛会杰优异的成绩得到郑州市委市政府的高度赞扬。2016年，郑州市政府为了鼓励他做出口，曾一次性补贴奖励20万元人民币。河南省商务厅带着他去国外参加考察，积极推荐他参加迪拜交流会，国家商务部还为他这样的企业出台了免税、退税鼓励等一系列政策。

这几年钢铁市场行情不太稳定，有的因为资金问题放弃这个行业，也有的因为个人原因选择了其他行业，但是薛会杰还是一直坚守在钢铁行业上。谈起坚守的原因，薛会杰说：“万变不离其宗，这个行业是永远存在的，当前对我们来说既是机遇也是挑战，在习近平总书记的号召下，政府对企业简化手续，节约成本。而暴利的时代已经一去不复返，必须整合资源，加强团队协作，才会有更大的发展空间。特别是这几年，郑州将全面建成河南自由贸易试验区的规划为钢材市场提供了难得的机遇，相信寒冬总会过去，春日终将到来；黑暗过后必是黎明，阳光总在风雨后。我们一定会克服困难、迎头而上，争做行业领头雁。”谈起未来，薛会杰表示一定要把这个行业做精做好，依靠网络，依靠新设备和新产能，把钢材行业重新定位。如原来必须要去钢厂进货，现在就不需要了，可以借助网络节省大量的人力物力，直接从厂家调货，顺应“互联网＋”的大趋势。

针对行业内的“地条钢”现象，薛会杰表示要严厉打击这种低水平、低质量、高耗能的产品。同时自己坚决支持国家政策，坚持不销售一条“地条钢”，每出一根钢材都是符合国家标准的钢材，仓库的每一根钢材，都是经得起考验的，都是经得起时间检测的。薛会杰说：“钢铁建材关乎工程质量、关系国计民生、关系人民生命和财产安全。我们做的是信誉，更是在做良心，欢迎客户和有关部门随时到我仓库来检测，同时我的产品走出国门代表的是咱们国家的形象，要是做不好，那是打咱中国人自己的脸，所以我始终把产品当作人品，视质量为生命。”

人生四十载，一路走来，薛会杰既有成功的喜悦，也有失败的辛酸，虽历经艰辛、坎坷，但他的脚步依然、追求依然、梦想依然。不管潮起潮落，他都立于潮头，认准目标，坚持不懈。“踏踏实实做事、认认真真做人”是他的人生准则，他相信只要把人做好了，事情自然而然就做好了。“天行健，君子以自强不息。地势坤，君子以厚德载物。”愿薛会杰和鑫亿达钢铁有限公司在未来的路上能够飞得更高，行得更远。

后记一

淮滨县是镶嵌在中原大地上的一颗宝石，王岗中学则是这颗宝石上的一个面，璀璨夺目。几十年来，王岗中学为培养社会主义事业的建设者和接班人输送了一批又一批合格的毕业生。

1990—1992 年，代振锋同学在王岗中学读书，我是他的老师，我当时很年轻，和学生之间的心理距离几乎为零。代振锋，性格外向，我们经常在一起聊天，聊人生、社会、理想等。代振锋同学有很强的组织协调能力，被班主任委任为班长，在班长位置上他游刃有余，带领班级积极参加体育比赛、劳动、文艺会演等各项集体活动，把班级管理得井井有条，得到同学和老师们的一致认可。

代振锋同学的数理化成绩一般，文科成绩却非常优秀，尤其擅长写作文。当时经常在作文大赛中获奖，有时一不小心在学生刊物上发个“豆腐块”，也会引来同学们的羡慕，同时他也能为自己挣点饭钱。

代振锋是王岗中学办学历史上的优秀学子之一，我以他为傲，王岗中学以他为傲，希望代振锋的事业路越走越远、越走越宽！

刘灿星

2021 年 6 月 19 日于王岗中学

后记二

2017 年 9 月 20 日，《钢路》写作正式启动，到现在已有三年多时间，这段经历对于作者代振锋来说，可谓刻骨铭心。一个人最大的痛苦莫过于失去亲人或朋友。就在去年，他虽然在精神上和财富上都付出了自己最大的努力，却始终未能挽留住良师益友般的妻弟。而在照顾妻弟这一年多的时间里，他也近乎暂停了一切有关于《钢路》的创作。

“对酒当歌，人生几何！譬如朝露，去日苦多。慨当以慷，忧思难忘。何以解忧？唯有杜康。”自此以后，他似乎对酒有了特殊的爱好，文风也有了很大的转变，更加生活化，更接地气，更多地蕴含了人间百味，面对生活和工作中的坎坷也更加坚强。爱人工作在外地，家里的两个孩子还需要他来照顾。虽然岳母可以帮忙照顾孩子的饮食起居，但学习上的辅导还是需要他亲自来做。辅导孩子学习也就成了他婉言谢绝一些聚餐邀请的理由。大家理解他，赞叹他，夸他是个既会赚钱又能顾家的好男人。

在编写过程中，我们又经历了庚子年新冠肺炎疫情。在党的英明领导以及全国人民的共同努力下，我们众志成城，抗击疫情。可就在全面复工复产恢复经济建设的紧要关头，北京新发地又出现了新的疫情，此次疫情传播的源头是冷链物流的病毒感染，国家积极有序应对，人们没有恐慌，没有抱怨。经历生死的人才会更加珍惜亲友，历经苦难的人才会更加热爱生活。

6 月的一个夜晚，《现代物流报》记者老代给我微信留言，让我给

《钢路》写点什么。郭德纲写的书《过得刚好》中有这样一句话：站台上张嘴这么一说可能就值一毛钱，但是知道怎么站那儿说，无价。看一本书，优美的文字能拨动你内心深处最脆弱的那根弦，而能把这些文字组合在一起的人，则需要具备极丰富的人生阅历和相当的文字驾驭功底，老代就是这样的人。

期待《钢路》早日出版，以飨读者。

任向军

郑州市钢铁贸易商会常务副会长

“刚好读书社”社长，河南大道至简钢铁董事长

2021 年 3 月 5 日

编后语

中国经济迅速发展的吸引力和后疫情时代全球经济复苏，正在引领新兴经济体国家经济融入国际合作的历史洪流。钢铁产业是我们国家经济的支柱产业，也是经济变幻的“晴雨表”。但沧海桑田、世事变迁，我国钢铁贸易经历了从计划经济到市场经济时代、从资源为王到供大于求的转变。我国有超过十万家钢铁贸易流通企业，拥有着全球规模庞大的钢材市场。未来决定企业市场竞争力的将不再是现在意义上的大流通商独立经营模式，而是新的钢铁全产业供应链条服务模式形成的规模效应、服务竞争力和市场品牌影响力。目前现代钢铁供应链物流服务体系建设步履艰难，我国钢铁贸易流通企业在建设现代钢铁供应链物流服务体系的道路中承受着各种困惑与压力。

四年前一个秋高气爽的日子，首部描写我国中原地区钢贸行业发展史的作品《钢路》一书创作仪式正式启动。此书以郑州为缩影，记录从计划经济到市场经济转型过程中，一群努力拼搏的钢铁人一路走来的奋斗史，旨在记录中原大地上优秀钢贸企业及人物、钢市案例和管理经验，全面客观反映我国钢材市场不同时期行进的轨迹，描绘全国钢铁贸易商在改革开放大潮中跌宕起伏的人生。《钢路》主创人员有着行业媒体记者的资深经验，十多年来关注商贸行业，聚焦钢贸商，以朴实的文笔、真挚的情感写出了一篇篇报道，翔实记述了24位杰出的钢铁豫商创业的艰辛历程和成功经验，是对许多行业新闻事件和人物较为全面的记载和延伸。本书力求客观记录河南钢市的风云变幻，旨在继往开来，为郑州乃至河南钢铁行业留下一份值得回味的厚重记忆。

河南省中翔物资贸易有限公司董事长杨庆伟认为：“作为一个从业近30年的‘老钢铁’人，亲身经历过钢贸从计划经济到市场经济的变迁，一路走来，个中心酸和幸福始终交织着，期待《钢路》能早日出版。”

河南天地大龙钢铁有限公司董事长王健伟说：“郑州钢市几经变迁，经历从无到有，再到不断壮大的今天，承载了钢铁人成功时的喜悦和失意时的心酸。《钢路》一书的出版，定将圆了郑州钢铁人一个梦想，将为郑州钢市留下历史的印记。”

河南力天实业发展有限公司总经理刘少英专门定制了由台湾90岁高龄书法家书写的《钢路》书法作品，并赠予主创团队。

本书同时得到了中国物流与采购联合会钢铁物流专业委员会秘书长王建中，河南省政协委员、郑州市钢贸商会会长黄涛，中国储运郑州陆港物流有限公司总经理韩枫，河南中鼎实业有限公司总经理刘国方，郑州盛伟物资有限公司总经理高伟生，河南泰通管业有限公司董事长郭培楷，河南大丰实业有限公司董事长韩成法，河南大道至简钢铁有限公司董事长任向军，河南剑桥供应链管理有限公司董事长刘剑涛，河南力天实业发展有限公司董事长程振军，河南中钜实业有限公司总经理张敏剑，郑州意达广告有限公司总经理袁青峰等人的大力关怀和支持，在此一并感谢！同时也感谢各级媒体朋友对本书的关注！

代振锋、王京
2021 年 9 月 15 日